Sade contra o Ser Supremo

Philippe Sollers

Sade contra o Ser Supremo

Precedido de
Sade no tempo

Tradução
Luciano Vieira Machado

Estação Liberdade

Copyright © Éditions Gallimard, 1996, sob o título *Sade contre l'Être Suprême*
© Estação Liberdade, 2001, para esta tradução

Preparação	Tereza Maria Lourenço Pereira
Revisão	Marcelo Rondinelli
Composição	Pedro Barros / Estação Liberdade
Capa	Suzana de Bonis
Editor	Angel Bojadsen

Dados Internacionais de Catalogação na Publicação (CIP)
(Câmara Brasileira do Livro, SP, Brasil)

Sollers, Philippe, 1936-
 Sade contra o Ser Supremo; precedido de Sade no tempo / Philippe Sollers ; tradução de Luciano Vieira Machado. — São Paulo: Estação Liberdade, 2001.

 Título original: Sade contre l'Être Suprême.
 ISBN: 85-7448-028-2

 1. Sade, Marquês de, 1740-1814 – Crítica e interpretação 2. Sade, Marquês de, 1740-1814 – Ficção I. Título. II. Título: Sade no tempo.

00-2880   CDD-843.91

Índices para catálogo sistemático:
 1. Ficção : Século 20 : Literatura francesa   843.91
 2. Século 20 : Ficção : Literatura francesa   843.91

ESTE LIVRO, PUBLICADO NO ÂMBITO DO PROGRAMA DE PARTICIPAÇÃO À PUBLICAÇÃO, CONTOU COM O APOIO DO MINISTÉRIO FRANCÊS DAS RELAÇÕES EXTERIORES

Todos os direitos reservados à

Editora Estação Liberdade Ltda.
Rua Dona Elisa, 116 – 01155-030 – São Paulo SP
Tel.: (11) 3661 2881   Fax: (11) 3825 4239
e-mail: editora@estacaoliberdade.com.br
http://www.estacaoliberdade.com.br

Sumário

Sade no tempo   9
Sade contra o Ser Supremo   59

SADE NO TEMPO

O passado me estimula, o presente me entusiasma, pouco temo o futuro; espero, então, que o resto de minha vida ainda supere as loucuras de minha juventude. A natureza criou os homens para que se divirtam plenamente na terra, eis sua mais cara lei, e ela será sempre a do meu coração.

Juliette, no final
de *Histoire de Juliette*
ou *Les Prospérités du vice*

O passado radioso fez brilhantes promessas ao futuro: ele haverá de cumpri-las.

Lautréamont

O vendaval de liberdade do século XVIII produziu Sade: o século XIX tratou de ignorá-lo ou de censurá-lo; o século XX encarregou-se de demonstrá-lo, em altos brados, pela negativa; o século XXI deverá considerá-lo em sua evidência. Um, dois, três, quatro: isso, ou nada. Ou antes: isso, ou a resignação à mentira da insignificância.

Sade e a verdade, *uma outra verdade*, tal é o desafio, e ele é histórico, o que pode parecer estranho, visto que se trata, em suma, de *romances*. Mas se, como estou convencido, Sade se revela pouco a pouco como um dos maiores romancistas de todos os tempos, que interesse poderíamos ter em querer ignorá-lo?

Abro o dicionário e leio: "SADE: sua obra, que é ao mesmo tempo teoria e ilustração do *sadismo*, forma o binômio patológico dos filósofos naturalistas e liberais do século das Luzes". O sadismo, como se sabe, é aquela perversão, infelizmente difundida em demasia, que consiste em sentir prazer com o sofrimento alheio, isto é (o dicionário leu Freud), "em descarregar a pulsão de morte num objeto externo". Precisão orgânica: no ser humano, voltado, ao crescer, a outras façanhas, a fase sádico-anal se dá entre dois e quatro anos de idade. O sadismo, aliás, pode, paradoxalmente, voltar-se contra si mesmo: será chamado então de masoquismo, e logo temos o binômio célebre, dito sadomasoquista, dentro do qual o Marquês de Sade se encontra associado, à sua revelia, com um escritor medíocre do século XIX, que, se tivesse tido a oportunidade de ler, ele teria desprezado profundamente.

Assim, o círculo se fecha: os livros de Sade são a ilustração de uma doença infantil e não podem almejar nem a grandeza das Luzes nem a da verdadeira Literatura. Essa patologia da visão naturalista e liberal explica-se no âmbito da evolução pulsional. É um dado da experiência: as crianças entre dois e quatro anos são especialmente refratárias aos Direitos Humanos e escrevem Sade às escondidas, com toda a força, antes de saber ler. Tal é seu período de invenção, que se terá o cuidado de fazê-las esquecer logo em seguida. Quanto ao autor e ao romancista Sade, depois de tê-lo confundido com o próprio Diabo, agora só nos resta decretá-lo ilegível, repetitivo, monótono, tedioso, nojento, absurdo. Podemos, a partir daí, com todas as precauções e hesitações, publicá-lo sem perigo. O adulto pedófilo mundial tem agora suas sólidas convicções: a família universal, a ciência, o progresso, o esporte, a segurança, os ossários logo cobertos, a rotina da corrupção, a justiça adiada indefinidamente, o nada sorridente, a publicidade humanista, a reprodução controlada por computador, as epidemias devastadoras, o terrorismo, o sincretismo religioso, a exploração genética. O romance da época será, portanto, *policial*: preto e branco, integração edificante do negro, pornografia e violência educativas, cinema se autofilmando, justificação mecanizada dos sofrimentos: encontrou-se a solução.

Sade pode até se tornar (não com freqüência, é bom dizer) assunto de tese universitária. É então preciso mostrar, sobretudo, que lemos as análises que se fizeram dele, principalmente Blanchot, Bataille, Klossowski, Lacan, Barthes, Foucault e seus sucessores. Escreveu-se bastante sobre Sade, brilhantemente, sabiamente, utilmente. Podemos seguir, assim, as metamorfoses de uma substância com certeza bastante móvel. Sade é um teólogo negativo, um filósofo perverso, um mártir do escândalo absoluto, um masoquista mascarado, um cristão mal disfarçado, um revolucionário fervoroso, um Kant às avessas (um tanto confuso e sem humor), um fluxo tenebroso lançando-se na pureza definitiva do silêncio, visto que a escrita, como todos sabem, não pode visar senão a seu próprio desaparecimento, um explorador do abismo, um estruturalista selvagem, um surrealista combativo. E por que não, finalmente, um especialista do *sem-sentido*? Pelo menos é isso que anuncia recentemente uma revista universitária americana muito séria, onde leio que "essa perda de sentido, essa sujeição do referente ao signo, procede igualmente, e sobretudo, do uso da descrição detalhada com tal minúcia que o excesso de precisão logo vem sufocar o livre curso da inteligência". Atenção, o autor do artigo prepara-se para fazer uma citação de Sade, nem é preciso dizer que se espera uma lufada de ar fresco, mas ele faz questão de nos prevenir que "é difícil reencontrar-se nos arcanos desses detalhes cuja acumulação suprime qualquer distanciamento indispensável para uma leitura ativa".

Ei-la:

> *Dão-lhe um descanso para melhor fazê-la sofrer, depois reiniciam a operação, e, dessa vez, arranham-lhe os nervos com um canivete, à medida que eles são esticados. Feito isso, abrem-lhe um buraco na goela, pelo qual conduzem e fazem passar a língua; quei-*

> mam em fogo brando a mama que lhe resta, depois enfiam em sua boceta uma mão munida de um escalpelo, com o qual rompem a região que separa o ânus da vagina; tiram o escalpelo, enfiam novamente a mão, indo explorar suas entranhas, e forçam-na a cagar pela boceta; em seguida, pela mesma abertura, procuram rasgar-lhe a bolsa estomacal. Depois voltam ao rosto: cortam-lhe as orelhas, queimam-lhe o interior do nariz, apagam-lhe os olhos deixando gotejar lacre fervendo dentro deles, fazem-lhe uma incisão em toda a volta da cabeça, penduram-na pelos cabelos e amarram-lhe pedras nos pés, para que ela caia e o crânio seja arrancado do corpo.

Aqui surge uma dúvida, e pensa-se que o excelente acadêmico em questão é, na realidade, um humorista frio que quis levar estas linhas ao conhecimento alucinado, furioso e perturbado do *lobby* feminista de seu campus. Tanto que ele insiste:

> *Ele corta os quatro membros de um rapaz, enraba o tronco, alimenta-o bem e o deixa viver assim; ora, como os membros não estão cortados muito rente ao tronco, ele vive por muito tempo. Assim, ele o enraba por mais de um ano [...]. Ele gostava de foder bocas e cus bem jovens: ele aperfeiçoa arrancando o coração de uma moça viva; faz um buraco nele, fode esse buraco quente, recoloca o coração no lugar com a porra dentro; a ferida é costurada [...].*

Convenhamos, está claro: trata-se, nas entrelinhas, de um tórrido idílio erótico entre um malandrinho e sua notável colega, de quem leio, um pouco adiante, na mesma revista, a contribuição sutil, aguda, gramatológica, sobre Dante. Assistimos, assim, nos Estados Unidos, a pretexto de análise científica e filosófica, a um novo modo indireto de comunicação, politicamente correto, a um tráfico de fantasmas inconfessáveis sob o manto da "perda do sentido".

De todo modo, que nosso projeto fique claro: não queremos outra coisa senão a aceleração dessa simpática corrente clandestina. Sim, a única coisa que pedimos é que se reforce, de algum modo, esse *murmúrio em favor de Sade*.

> *Provavelmente, muitas de todas as aberturas que verás pintadas desagradar-te-ão, isso se sabe, mas algumas hão de te esquentar, a ponto de te custar um pouco de porra, e eis o que nos basta. Se nós não tivéssemos dito tudo, analisado tudo, como querias que nós pudéssemos adivinhar o que te convém? Cabe a ti pegar o que interessa e deixar o resto; outro fará o mesmo; e pouco a pouco tudo encontrará o seu lugar. Trata-se aqui da história de um magnífico banquete em que seiscentos pratos diversos se oferecem a teu apetite. Tu comes de todos eles? Não, certamente, mas esse número prodigioso amplia os limites de tua escolha e, contente com esse aumento de oportunidades, tu não ousarias recriminar o anfitrião que te regala. Faze*

o mesmo aqui: escolhe e deixa o resto, sem censurar esse resto só porque ele não te agrada. Considera que ele agradará a outros, e sê filósofo.

Quando Sade, em 1791, dedica *Justine ou Os infortúnios da virtude* a sua "prometida", a atriz Marie-Constance Quesnet, sua companheira, pode-se dizer que ele tem um bom faro. Com efeito, "Sensível", como ele a chama graciosamente, salva-lhe a vida três anos mais tarde, à época do grande Terror. "Eu devo" — diz Sade a ela — "depois de ter te agradado, ou agradar universalmente ou me consolar de todas as censuras." Atentemos para esta fórmula: escrever horrores sexuais e criminais que agradam a *uma mulher*, e dar a tarefa por cumprida? Passar pela censura de *uma única*, e todas as censuras encontrar-se-iam cedo ou tarde abolidas? "Sim, Constance, é a ti que dedico esta obra; ao mesmo tempo exemplo e honra de teu sexo, aliando à alma sensível o espírito mais justo e mais esclarecido..." Pode-se rir diante dessa quintessência de humor sincero, mas é preciso insistir. Quer dizer, então, que esse outro radical, inimigo da espécie humana, teria encontrado uma cúmplice em meio ao seu próprio adversário? Esse cúmplice pertenceria ao sexo feminino? Em outras palavras, Sade, esse vírus mortal, poderia ser propagado, mesmo à sua revelia, pelas mulheres? E teria sido sempre assim? Impossível acreditar nisso; nenhuma mulher no mundo pode gostar de Sade, nenhuma mãe jamais mandou a filha ler *A filosofia na alcova* e, no entanto...

Constance lera *Justine*? O livro a divertira? Sim, certamente. E o mesmo acontecerá em 1799, com esses dois volumes singularmente *mais graves,* que são *La nouvelle Justine* e *Juliette*. Sade, àquela altura, já com sessenta anos, haverá de ser novamente preso (em 1801), mas Sensível continuará fiel a seu escritor preferido até a morte deste, em Charenton, sempre sem julgamento, em 1814.

Este homem exagerava em seus livros? Ninguém mais do que ele é passível de ser acusado de crime contra a humanidade? Sim, e daí? Que importância tem isso? Por que desejam fazer acreditar, depois de tanto tempo, que são menos culpados do que ele? Vocês o são um milhão de vezes mais, em atos, enquanto afirmam o contrário. Imagina-se que Sade esteja caçoando quando diz que aqueles que se escandalizarão com os seus escritos serão os libertinos, como os hipócritas e os beatos, outrora, em relação a *Tartufo*. Mas bastava simplesmente esperar que os libertinos pendessem, em massa, para o lado do Poder e da Lei: a partir daí, o paradoxo se esclarece. Pode-se, aliás, contar com uma mulher para não surpreender-se em demasia. A propósito, por que esperar que ela se melindre com o que seu pobre e encantador companheiro escreve dia e noite? São a sua paixão, os seus escritos, que se pode fazer, isso o relaxa, isso o consola, isso o inflama. Sim, é verdade, ele engordou um pouco, mas é tão belo, tão convincente quando fala após ter bebido. E, além disso, as atenções, as delicadezas, nunca uma palavra a mais, um porte irrepreensível, muita dignidade, um homem dos velhos tempos ou de um futuro muito distante, quem sabe? Como ser hostil com alguém que lhe acaba de ler esta frase de sua própria autoria: "A imaginação é o único berço das voluptuosidades, só ela as cria, as dirige: já não há apenas um físico grosseiro, imbecil, em tudo o que ela não inspira e não embeleza?". A metafísica ambiente, em sua fastidiosa versão masculina, rompe em altos brados? Tanto pior.

Barthes descreveu muito bem o que terá sido a existência insustentável de Sade: "A dupla que ele forma com seus perseguidores é estética: é o espetáculo malicioso de um animal vivo, elegante, ao mesmo tempo obstinado e inventivo, inconstante e tenaz, que foge continuamente e continuamente volta ao mesmo ponto de seu espaço, enquanto grandes manequins empertigados, medrosos, pomposos, tentam simplesmente *contê-lo*".

Ninguém, mesmo na prisão, conseguiu *conter* Sade. Sensível, em compensação, tem todo o tempo diante de si, como as duas formidáveis irmãs saídas da imaginação do marquês. Elas mudarão de nome com o tempo, mas é sempre delas que se falará, para grande prejuízo daquilo que se deveria chamar monossexismo. A feminilidade nunca haverá de ser o que se diz ou o que se pensa que ela é; será sempre melhor ou pior, ora uma coisa, ora outra, mas em todo caso jamais *isso*. É uma tragédia, uma comédia, um carnaval, uma bufonaria, um drama. Será que Deus pode resolver essa questão? Já se falou muito disso, às vezes ainda se grita, mas, enfim, a coisa não funciona mais, e quase se tem vontade de repetir, a propósito desse assunto, o que uma cafetina, com um humor arrasador, diz à principiante Juliette: "As bocetas já não valem nada, minha filha, todo mundo está cansado delas, ninguém mais as quer". A Revolução? Elas podem prestar-se a isso, mas logo se cansam, como se viu. A volta à casa, conforto, segurança, vida conjugal, estabilidade, crianças entre dois e quatro anos? Sim, é assim que as coisas acontecem em épocas de restauração; depois, novamente, fazem-se ouvir estalidos surdos. O trabalho, a autonomia, a liberdade, a igualdade, a solidariedade feminina, a *paridade*? Talvez, e de qualquer modo é preciso deixar que se pense assim, depois veremos. Na realidade, Justine e Juliette continuam definitivamente em campos diversos. Uma é condenada a queixar-se eternamente, a viver numa opressão permanente, num sufocamento deformado e mascarado, a se deitar no divã neurótico de onde poderá manipular os machos crédulos, espezinhando a ilusão de suas obsessões; à outra, sua terrível irmã, à Juliette em seu *canapé oriental,* cabe nos revelar um lance redobrado, que antes dela nunca teríamos tido a audácia de imaginar (e é justamente aí que está o gênio romanesco de Sade). Uma é deprimida, chora, geme; a outra se excita e se agita. Será que poderia ser a mesma jovem mulher em dois momentos diferentes do dia? Não é impossível, mas o essencial será a cor fundamental, negativa ou positiva, o verdadeiro tom secreto. Sade decide: uma via-crúcis de um lado, uma aventura triunfal de outro. É de surpreender que os críticos falem tão pouco de Juliette?

Justine, evidentemente, é *romântica*. Ela tem "o aspecto romântico dessas mulheres que se gostaria de fazer sempre chorar". Seu caráter é sombrio, oscila entre a ingenuidade e a candura; ela se parece com uma virgem de Rafael ou de Michelangelo. Ela é vítima da má sorte, é continuamente enganada, ofendida; ela sofre, é obrigada a se entregar às piores orgias (em meio às quais, às vezes, muito raramente, ela goza, mas *sem consenti-lo jamais*). Juliette, ao contrário, embora também seja loira de olhos azuis, é toda arte e fineza, ela é (fonte inesgotável de adjetivos em Sade) "viva, estouvada, bem bonita, má, esperta". Tudo o que acontece à virtude é terrível; tudo o que acompanha o vício é encantador: não se pode contrariar de forma mais completa o senso comum. Infortúnios para Justine, virtuosa e fria; prosperidade para Juliette, que não cessa de se entusiasmar com a prostituição e o crime. Eis "a mais sublime lição de moral que os homens jamais receberam".

Basta uma cena para caracterizar Juliette. Noirceuil, enquanto trepavam, confessa-lhe que arruinou e envenenou os pais dela, lançando-a, assim muito jovem, na miséria. Reação:

"— Monstro, eu repito — exclamei —, tu me horrorizas e eu te amo!

— O carrasco de tua família?

— Ah, que me importa? Eu julgo tudo pelas sensações... A confissão que me fazes desse delito me excita, lança-me num delírio que não consigo descrever."

Julgar tudo pelas sensações: eis o que pode levar bastante longe. "Daí se conclui que, com princípios e filosofia, com o aniquilamento total dos preconceitos, pode-se ampliar incrivelmente a esfera das sensações." Ou ainda: "Sem tantos raciocínios, contentemo-nos em apelar para a sensação, e estejamos bem certos de que onde esta é mais sensual, é aí mesmo que a natureza quer ser servida".

Ninguém, portanto, conseguiu *conter* Sade, e ninguém tampouco pode, desde então, refutar seriamente a afirmação seguinte, que faz dele uma espécie de Pai da Igreja: "O homem é naturalmente mau, ele o é no delírio de suas próprias paixões e quando estão calmas; em todos os casos, os males de seu semelhante podem se tornar execráveis prazeres para ele". O problema é que, em vez de deplorar essa maldade original, Sade se regozija com isso e vê aí a manifestação da vontade da natureza ou de um "Ser Supremo em maldade". Sem se cansar (nem nos cansar, contrariamente ao que pretendem os eternos hipócritas), ele põe em cena a felicidade ou conduz, nas personagens, a realização desses prazeres "execráveis" (mas há outra modalidade de prazer que não o execrável?). Eis, por exemplo, como ele encara o frontispício gravado de seu poema "A verdade" (é preciso ser Sade para fazer da verdade um poema): "*Entregando-nos continuamente aos mais monstruosos gostos*: esse verso se encontra ao pé da gravura, a qual representa um belo jovem nu sodomizando uma jovem também nua. Com uma mão, ele a agarra pelos cabelos, puxando-a para si; com a outra, enfia-lhe um punhal no coração. Sob seus pés estão as três pessoas da Trindade e todos os guizos da religião. No alto, a Natureza, numa auréola, coroa-o de flores".

Assim resplandecem, pela primeira vez, as flores do mal. Aconteceu uma catástrofe, o mau gosto se alastra, os "gostos monstruosos" tratarão esse mal com o mal.

Podemos ver ou imaginar essa gravura, e outras. Não veremos jamais, no entanto, nenhum quadro desse tipo, nem, por definição, imagem alguma gravada ou representada. Aqui é a radical impossibilidade de representar a obra de Sade que vem inquietar ao máximo nosso fim de século em sua certeza de controlar economicamente todas as representações. Sade não é susceptível de solução no cinema em geral, não é *simulável*, e, por esta razão, ele irá assombrar com ainda mais razão a vontade de poder da dissimulação por simulação. O fogo imaginário sadiano é alimentado com palavras, e as mais obscenas (para Sade, *técnicas*) se tornam, à força de serem repetidas e "fugadas", as mais naturais. Sade e Bach: o mesmo princípio. Se se tratasse simplesmente de poesia, de filosofia, de romances sofisticados demais para serem "adaptados" à abundância de artigos à base de imagens (Proust, por exemplo), não haveria esse mal-estar, essa sombra, esse efeito espectral, a censura não apareceria realmente (salvo para o público "culto", entidade que se tornou perfeitamente desprezível). Com Sade, ao contrário, a procura por um projeto de escravização das consciências e dos desejos é imediatamente posta a nu. Acrescentemos às três pessoas da Trindade uma *Bíblia*, um *Alcorão*, uma *Declaração dos Direitos Humanos*, um Triângulo Óptico, a reprodução de um dólar, e a verdade seguirá tranqüilamente o seu curso. Violências, estupros, torturas, crimes, cenas de amor, tudo se torna suspeito, estranhamente *falso*, tanto na realidade quanto nas telas mundiais, que são sua continuação obrigatória. Olhamos um massacre sendo executado, vemos um filme em que os atores brincam de se exterminar ou de se beijar, mas esse pretenso naturalismo, ou realismo, em sua promiscuidade sistemática, não atinge mais a sensação distinta. O efeito de choque é global, ele se desencarna a olhos vistos. Para tocar, para saborear, para sentir, para *estar-lá*, são necessárias palavras e ainda uma vez, em nosso mundo, a imagem e a trilha sonora já não têm mais nada, há muito tempo, a dizer. Não é à toa que os filmes pornográficos, mesmo com as intrépidas ejaculações explícitas dos machos, não comportam senão diálogos estúpidos sobre um fundo de suspiros e arquejos esmerados. Pouco importa que as imagens inquietem se as palavras tranqüilizam. Daí o fato de que uma imagem, no texto de Sade, anima-se subitamente por contraste, e a acumulação dos detalhes orgânicos (rabos, cus, bocetas, clitóris, línguas, dedos, peitos, culhões, sangue, urros, trepada, merda, mijo) não parece pesar nem um pouco e tudo parece transcorrer como uma ária de ópera. Tudo é movimento, tudo é espantoso, nada é penoso.

Tal é o estilo da escrita de Sade: nós a achamos pesada, desagradável, repulsiva, na exata medida em que projetamos sobre ela nosso maldoso filme fisiológico e psicológico, humano, demasiadamente humano. As gravuras do século XVIII (que Sade, fingindo ser um autor póstumo, fez questão de salientar que ele próprio as escolheu) são nítidas e leves e, salvo exceções, já num estilo século XIX, de uma uniformidade elegante, enciclopédica. As figuras mal se distinguem umas das outras, os homens e as mulheres se encaixam, são intercambiáveis, o que aumenta o efeito às vezes extravagante das dimensões dadas na narrativa. Sade leu Rabelais, mas lhe contradiz o aspecto bom menino, a pregação de moderação e prudência. Ele exacerba o espaço, as refeições, as performances; os números empolgam; mas seus atletas do gozo são "imorais por método, não por temperamento". E, sobretudo, o que é capital, aí está o âmago da questão, as mulheres entregam-se a isso como nunca se ousou supor: "Finalmente, nós nos levantamos, grudadas de porra sobre nossos sofás, como Messalina no banco dos guardas do estúpido Cláudio, depois de termos sido fodidas oitenta e cinco vezes cada uma". Sade se diverte, e nós também. Ele acrescenta: "Agradecei-nos, senhoras, e imitai nossas heroínas, é só o que vos pedimos; porque vossa instrução, vossas sensações e vossa felicidade são, na verdade, o único objetivo de nossos fatigantes trabalhos...".

Aqui, as palavras mudam de natureza, são vibrantes, engraçadas, atrozes, fosforescentes; fala-se por falar, age-se por agir. Pena que, em francês, a palavra *vit* [do latim *vectis*, barra ou alavanca], para designar o órgão sexual masculino, tenha se perdido no caminho e, com ela, um sinal rápido, vivificante, vital. A vida em forma de *vit* rima com o vigor e a vivacidade de *vice* [vício], assim como é mais que verdadeiro que a virtude mata. Um "clitóris de três polegadas de comprimento e de igual circunferência" (mais de oito centímetros) já é mais próximo de um *vit* que de um pau. Se o *vit* é muito grande, perfurando de forma sangrenta bocetas e cus, ele se tornará uma ferramenta ou uma lança, até mesmo um sexo de mulo. Mas, enfim, bem... o *vit* viveu. Afinal de contas a palavra *sade* [agradável, charmoso] também desapareceu, e ficou-nos o seu contrário, *maussade* [enfadonho, impertinente].

Os nomes, aqui, são palavras enfeitadas, bem arranjadas. Não é por acaso que a infame, a execrável, a adorável Juliette se chama senhora de Lorsange: ela vive apenas *pour l'or et le sang, mauvais ange* [para o ouro e para o sangue, anjo mau]. As heroínas, preceptoras e educa-

doras de Justine (aluna limitada) e de Juliette (aluna brilhante), têm nomes que estranhamente começam, quase todos, com D: Dorothée, Delmonse, Delbène, Duvergier, Dubois, Durand. Quanto aos monstros masculinos, vejamos, eles se chamam Bressac, Blangis, Rodin, Gernande, Minski, Chabert, Télème, Saint-Fond (troça com Saint-Just), Noirceuil. Sade não tem humor? A governanta de um bispo libertino será uma senhora Lacroix [a cruz]. Mas há também, pura música, os prenomes das vítimas, como, por exemplo, os das raparigas em flor: Montalme, Palmire, Blaisine, Faustine, Fulvie...

"Não existe, no corpo humano, parte mais interessante que o nervo", escreve Sade, que tem boas razões para ir direto ao agente de transmissão principal. A escrita é uma gravura instantânea proposta aos nervos, a língua é seu influxo, sua água-forte, seu buril, sua ponta seca, seu ácido temperado: como compreender a cena horrenda citada por nosso acadêmico americano se não se conhece o verbo *égratigner* [esfolar, arranhar] e a sensação que o fundamenta? O mesmo se dá em relação a *canif, gosier, tétons, brûler à petit feu, scalpel* [canivete, goela, mamas, queimar em fogo brando, escalpelo]; estamos muito além do vocabulário corrente e limitado de um americano francófono, ainda que curioso. Façam o teste, leiam essa passagem em voz alta com um sotaque ianque: o cômico, de repente, saltará aos nossos olhos, todo o puritanismo pinçado da história ficará às escâncaras. O sabor incomparável da escrita de Sade manifesta-se também em *apagar os olhos, fazer uma incisão em toda a volta da cabeça, enrabar o tronco,* sem falar de *ele fode esse buraco quente.* Poesia? Sim, sem dúvida, a todo instante, e o romance descobre, então, as prosperidades da poesia ardente oposta aos infortúnios da prosa em cinzas. Essa poesia é feita para cantar em meio a suplícios: "A bela cabeça de Julie cai, enfim, como a de uma linda rosa batida pelos esforços redobrados do vento norte". Foi preciso um quarto de hora para cortar esse pescoço delicado — eis uma forma de substituir a guilhotina, não é mesmo? Quer se trate, aliás, de um suplício "chinês", em que a vítima é cortada em vinte e quatro mil pedaços, ou, então, de golpes de maça que, para terminar, fazem estourar os miolos, a lição é sempre a mesma: o crime, em geral, é simplista, mesquinho, utilitário, vulgar, *virtuoso*, sempre com demasiada pressa para que acabe logo, *econômico*, é uma inibição, uma prova de afasia, um poema ruim que sustenta a moral de forma velada. Na realidade, trata-se de chegar a uma irritação dos nervos em que eles ficam "como abalados, crispados em toda a sua extensão". Eis o efeito produzido pela roda que vai esfolando devagar, até a morte, os corpos que lhe são entregues, para maior gozo dos celerados: "O sangue, jorrando por toda parte, esguicha como essas chuvas finas espalhadas pelos grandes ventos". Eis uma imagem irredutível à imagem.

Sorrimos, pois, quando vemos o prefaciador de Sade na Pléiade escrever (quem sabe sorrindo também): "O cinema ainda não deu o devido valor ao martírio ambíguo de Justine". Como poderia fazê-lo? É verdade que se pode ler, cada vez mais, aqui e ali, comparações entre pintura, literatura e cinema, esperando-se que este justifique aquelas. Assim, um filme explosivo nos faria ver melhor Francis Bacon, e isso é tão absurdo quanto considerar Picasso como um reflexo das carnificinas de seu século. De resto, essa perigosa ingenuidade impede que se compreenda por que Picasso e Bacon eram leitores justamente de Sade. Sade *ilustrado*? Ridículo. Além disso, o mesmo prefaciador constata que as tentativas que se fizeram no século XX para ilustrar Sade são de "tendência alegórica, representando antes um espírito da obra, em seu conjunto, que cenas específicas do texto". Sim, claro. Sade "alegórico" é tão mais cômodo. Alegorismo, simbolismo, surrealismo, fantástico alucinatório: tudo, mas não os *detalhes*, isto é, os nomes, as palavras, as situações, as contagens, as paisagens, o luxo das residências, os gestos, os gritos, as vozes, os corpos. No fundo, o que se quer evitar é a *mão* de Sade, seu grafismo, sua velocidade, sua ferocidade, suas reviravoltas, seu poder de contagiar. A ilustração é, por força, uma falsificação, como o é toda técnica fotográfica ou filmográfica (a menos falsa sendo a que procura refletir sobre essa maldição), ao passo que uma cabeça de Picasso ou de Bacon aponta, ao contrário, para uma aparição interna. Sade mostra pelo menos isto: que o mundo da representação é um bloqueio puritano que ritualiza algo não dito; que a *omissão* é seu pecado original e contínuo, a que se contrapõe, de forma direta, a escandalosa intromissão sadiana.

Com Sade, acontece, então, um formidável retrocesso. Nesse mundo deslocado, restituído à sua desordem original, o tempo e a história são revisitados em sua relatividade. Mentiu-se o tempo todo, a verdade já não pára de se afirmar. Diante da imensidade da revelação que se abre para ele, tem-se a impressão de que o marquês não somente está disposto a aceitar todas as perseguições (são bem leves, ele parece dizer, considerando-se o que está em jogo), mas também que sua lucidez aumenta em função de sua embriaguez. Pela primeira vez, o gozo como tal é circunscrito, aprofundado, observado, enumerado, anotado, refletido. Poder-se-á, em seguida, pôr a nu as verdadeiras engrenagens da economia política ou sexual (sem falar da vontade de poder); a *narrativa* de Sade mantém seu caráter eletrizante, sua veracidade, sua beleza estratégica. O que está por vir pode ser feio, bem o sabemos. Um novo clericalismo é possível. O furibundo ataque que ele lança contra o cristianismo e, para além dele, contra a idéia de Deus, anuncia, dada a sua virulência, o perigo que ameaça. Nunca devemos nos esquecer de que, na verdade, foi o catolicismo que "permitiu" Sade (como Molière, Voltaire ou Mozart), lembrando-nos desta observação de Tocqueville em *A democracia na América*: "A Inquisição nunca pôde impedir que circulassem, na Espanha, livros contrários à religião da maioria. O império da maioria teve mais êxito nos Estados Unidos: esta eliminou até a idéia de publicá-los". Acrescentemos doravante:

de escrevê-los. Isso não é incompatível, muito pelo contrário, com o uso de uma imagética de compensação. Pode-se imaginar um Sade *protestante*? Deixemos de brincadeiras.

A metafísica tem horror ao vácuo, as rãs vão pedir um rei. A Causa, eis o problema. A "Causa Universal". "Os imbecis acreditam que uma tal causa exista separadamente dos efeitos que ela produz, como se as características de um corpo pudessem ser separadas desse corpo." E ainda: "Que necessidade se tem de supor um motor para aquilo que está sempre em movimento?". Mas essa necessidade é fortíssima, e, mesmo que ninguém acredite mais nisso, as pessoas querem um motor divino e estão dispostas a imolar-se por causa de sua definição. "Nunca devemos admitir como causa do que não compreendemos alguma coisa que compreendemos menos ainda." É isso, no entanto, que a humanidade não pára de fazer.

Bom seria, em contrapartida, tomar toda essa concentração de energia e de tempo confiscada pela projeção e pelo culto dessa causa imaginária, fabulosa reserva roubada ao além, e aplicá-la, aqui e agora, em gozo físico. Reconheceu-se aqui o projeto revolucionário. Mas este último, pretendendo-se inicialmente social, postulando um princípio de igualdade e de fraternidade entre os homens, reitera, em nível horizontal, se assim podemos dizer, o erro transcendental (o culto da Razão ou o do Ser Supremo são imitações). Sade não se cansa de nos avisar. "As leis da natureza são individuais", não há nenhum laço entre um indivíduo e quem quer que seja, é preciso ousar dizer uma verdade "terrível": "Uma única gota de nosso sangue vale mais do que todos os rios de sangue que os outros possam derramar". Se as religiões foram (e continuam sendo) "o supra-sumo da ignorância", uma nova religião deísta baseada na quimera igualitária pode tornar-se o supra-sumo da falsa ciência. A ciência *falsificada*, eis o que nos espera. Essa religião seria baseada no Senso Comum? Mais uma razão para desconfiar dela. Daí surge o fato que Sade não hesita em reivindicar, por intermédio de Juliette, como prazer suplementar: ser declarado infame. Aniquilar o infame? Sim, provavelmente, mas a grande questão será saber se não é para instaurar um outro infame *pior*.

Pior, isso quer dizer, para Sade, menos sensível, menos delicado, menos potencialmente vicioso, menos pessoalmente testado, o que seria uma dilapidação aterradora, digna dos "crimes estúpidos da insurreição popular". A revolução sadiana nada tem a ver, naturalmente, com a tábua rasa ou com o vandalismo. Mata-se, rouba-se, massacra-se, envenena-se, "despovoa-se", sim, mas introduzindo, com isso, uma selvageria radical, que não implica uma diminuição da pompa ou do espírito, que contrariaria a inspiração de base. A voluptuosa Delbène, no convento, é "muito avançada para sua idade", ela "leu todos os filósofos", ela "refletiu prodigiosamente". Clairwil, a amiga de Juliette, tem "muitos talentos, sabendo perfeitamente o inglês e o italiano, representando como um anjo, dançando como Terpsícore; é química, física, faz lindos versos, conhece bem história, desenho, música, geografia, escreve como Sevigné". Os libertinos filósofos só saem de seus desvarios extático-criminosos para retomar seus discursos como se nada tivesse acontecido; revelam uma erudição comparativa surpreendente, acumulam fatos, provas, demonstrações lógicas. "Lancemos um rápido olhar sobre esse universo...": o tom está dado. Os "caprichos bizarros da Fortuna" não podem mais se encerrar em palavras como Destino, Deus, Providência, Fatalidade, Acaso, Necessidade. A natureza *lança* formas, "vapores", ela não experimenta nenhum bem e nenhum mal nessa atividade permanente, contrariamente ao que buscam estabelecer as absurdas convenções sociais, as odiosas instituições humanas. Por toda parte onde a obsessão da *sociedade* se faz notar (e, logo, todo o pensamento será infectado com ela), o erro está presente. Liberdade? Devemos ficar atentos: a maioria das combinações químicas nos escapa. Igualdade? Com certeza, não. Fraternidade? Menos ainda: "Não acredito nem um pouco nesse vínculo de fraternidade de que os tolos falam sem cessar...". A *sociomania* crescente, eis o inimigo. Atenção, o Ser Supremo se disfarça, ele finge se abater para melhor ressurgir, é um vampiro insaciável, mas chegou a hora de discutir isso em profundidade, pelos séculos que passaram e pelos que virão. Sade tem plena consciência de seu *momento*. Ele avalia perfeitamente o alcance histórico de sua intervenção. "A igualdade estabelecida pela Revolução é apenas a vingança do fraco contra o forte; é o que se fazia outrora em sentido inverso; mas essa reação é justa, é preciso que todos tenham a sua vez. Tudo haverá de mudar ainda, porque nada é estável na natureza, e os governos dirigidos pelos homens devem ser móveis como eles." De forma ainda mais clara: "É uma coisa inaudita que os jacobinos da Revolução Francesa tenham desejado derrubar os altares de um Deus que falava exatamente a língua deles. O que há de mais extraordinário ainda é que aqueles que detestam e querem destruir os jacobinos o façam em nome de um Deus que fala como os jacobinos. Se isso não é o supra-sumo das extravagâncias humanas, peço que me digam qual é".

O Ser Supremo *pior* seria, por conseguinte, uma correção deplorável, uma debilitação de todas as energias, um ópio de má qualidade, uma operação sem anestesia. Em *Français encore un effort si vous voulez être républicains* [Franceses, mais um esforço se quiserdes ser republicanos], Sade exacerba luminosamente sua demonstração — seu título atualmente poderia ser invertido, com toda a razão, "Democratas ou republicanos do mundo inteiro, mais um esforço se quiserdes ser franceses". Ousem reconhecer, como Bressac, que o "lodaçal dos vícios é o paraíso terrestre do homem", desconfiem de toda pregação virtuosa: ela não pode vir senão de uma tirania mal disfarçada, cuja corrupção os apavoraria se conhecessem o que está por trás dela. Desconfiem, igualmente, dos apologistas da transgressão e de sua gesticulação barata, eles estão previstos no programa como agentes policiais provocadores; a máquina tem seus dois rostos bem ajustados. Sade, *num mesmo movimento*, pode introduzir um elogio da tirania mais infernal, de uma nova Inquisição sem fraquezas, e revelar uma ação anárquica desejada: "Tornai ateu e desmoralizai sem cessar o povo que quereis subjugar; enquanto ele não adore outro Deus senão vós, que não tenha outros costumes senão os vossos, haveis de ser sempre seu soberano". Do mesmo modo: "Permiti entre eles o incesto, o roubo, o homicídio; proibi-lhes o casamento, autorizai a sodomia, interditai todos os seus cultos, e logo os tereis sob o jugo que serve aos vossos interesses". O objetivo é um controle geral da população. Para isso, é preciso "honrar os celibatários, os pederastas, as lésbicas, os masturbadores". O Poder está por toda parte, ele cuida de tudo, inclusive de uma suposta contestação: "Encenam-se falsos movimentos de conspiração, fomentam-se, criam-se condições para que surjam: levantam-se os cadafalsos, o sangue corre". Não é o caso de salientar a atualidade interminável dessas palavras. Não é eterna esta declaração do ministro Saint-Fond: "Um homem de *Estado* que não fizesse o *Estado* pagar por seus prazeres seria louco; e que nos importa a miséria dos povos, contanto que nossas paixões sejam satisfeitas? Se eu acreditasse que o ouro corre em suas veias, eu os faria sangrar a todos, um por um, para me fartar com sua substância". Sade, sempre inclinado à mais corrosiva ironia, reforça essa passagem com uma nota: "Eis aí os monstros do Antigo Regime! Nós não prometemos que seriam bons, mas sim verdadeiros: mantemos a palavra". Dito de outra forma: tome-os como exemplo, hipócrita leitor do *novo regime*, denuncie os crimes de seus predecessores e trate de fazer tão bem quanto eles, se puder, pois está lendo avidamente este retrato. Como por acaso, Juliette acaba de nos lembrar, aliás, que ela acha, à sua maneira, Saint-Fond muito bonito: "O orgasmo de Saint-Fond era brilhante, ousado, violento; era em altos brados que ele pronunciava então as blasfêmias mais enérgicas e mais impetuosas; o esperma era abundante, ardente, espesso e saboroso, seu êxtase vigoroso, suas convulsões violentas e seu delírio bem evidente. Seu corpo era belo, muito branco, o mais belo cu do mundo, seus colhões volumosos e seu pênis musculoso teria umas sete polegadas de comprimento, por seis de circunferência...". (Vê-se que Juliette nada tem de um "tipo", como diria a marquesa de Merteuil, e, portanto, não pode ser a destinatária desta censura de Sade: "Hipócritas langorosas e frias, insuportáveis virtuosas dissimuladas, que não ousais ao menos tocar o membro que vos penetra, e que haveríeis de corar quando, fodendo, deixásseis escorrer a porra...".)

Temos aí um ministro de quem não se poderá dizer que é um polichinelo, não é mesmo? As marionetes são antes os poderosos evidentes, "autômatos chatos" que acreditam governar por si mesmos, quando, na verdade, não passam de intermediários das paixões filosóficas. Isso não deve causar estranheza, pois "o universo está cheio de estátuas organizadas que vão, que vêm, que agem, que comem, que digerem, sem nunca se dar conta de nada". As paixões, e somente elas, são os "mais fiéis órgãos da natureza", e a "pessoa se torna estúpida quando não está mais apaixonada ou quando deixa de estar". Sade não deixa de observar que existem pelo menos dois tempos na organização humana. Um tempo é lento, neutro, indefinido, correspondendo a um fechamento, a uma apatia fundamental, inabalável, pesada; e outro, sem nenhuma relação com o primeiro, é eclosão, caos eruptivo, vulcão ou descarga. Um tempo fraco, um tempo forte. Para ser verdadeiramente forte, o tempo deve, aliás, atingir uma neutralidade paralela à do tempo fraco, ser voluptuoso *a frio*. A natureza, na realidade, é frígida: goza-se como ela haveria de gozar se pudesse.

"Eu quero me desvanecer em esperma com você", diz Juliette a uma de suas parceiras. Ela já se descrevera assim: "Eu acostumara meus dedos a responder aos desejos de minha cabeça". Sade nunca deixa de insistir no tribadismo (que o dicionário informa ser sinônimo de safismo, evitando lembrar que a raiz grega da palavra significa *esfregar*), de que ele é o único (sobretudo em *Juliette*) a dar exemplos repetidos e concretos. "Acredito que a natureza favorece infinitamente mais as tríbades do que as outras mulheres, e que, como as dota de uma imaginação mais sensível, ela lhes concede, do mesmo modo, todos os meios do prazer e da voluptuosidade."

E observa: "Essas criaturas encantadoras [...] são sempre mais vivas, mais amáveis, mais espirituais que as outras; quase todas têm graças, talentos, imaginação...". Proust, a respeito disso, poderia ter-se informado muito mais do que o fez, lendo *Juliette ou Les Prospérités du vice*. O que teria sido de Albertina se tivesse sido educada por Juliette? Teria terminado como Ônfale, lançada no Vesúvio, ou envenenada como Clairwil? "As mulheres", escreve Sade, "são mais inclinadas à crueldade, e isso porque elas têm uma organização mais sensível. Eis o que os tolos não entendem." E ainda: "As Pórcias e as Cornélias choravam assistindo às tragédias de Sófocles, mas nem por isso deixavam de esfregar lubricamente os clitóris nos massacres dos cristãos no circo de Roma". Sade, durante o Terror, ocupou-se em observar esse sentimentalismo obsceno e cruel. De resto, aí está a razão pela qual, em contrapartida, sua "noiva" se chama Sensível.

O marquês, evidentemente, não é mais feminista que humanista, muito pelo contrário; há lugar nele para cada discurso e seu contrário (aí está o que, para alguns, é o mais condenável), ele desmascara todos os preconceitos de modo desafiador, só isso. Sobre as mulheres, evidentemente, os preconceitos abundam; daí a necessidade, para elas, de ir adiante mascaradas, como se dá com o verdadeiro filósofo. A dissimulação é fatal. A sociedade não lhes pede, na realidade, senão a aparência da virtude, e é exatamente isso que Justine não consegue compreender. Vejamos Delmonse: "Se tu consultasses meu esposo, se interrogasses minha família, responder-te-iam: *Delmonse é um anjo,* ao passo que o próprio príncipe das trevas era propenso a menos desordens...". Sade persegue e coroa singularmente esse grande projeto da filosofia francesa (não existe nada igual em nenhuma outra língua), que consiste em preocupar-se com a educação subversiva das mulheres. Ora se fazem os discursos mais duros sobre elas ("um ser malsão durante três quartos de sua vida [...], de um humor azedo, impertinente, imperioso; tirano, se lhe são concedidos direitos, baixo e servil, quando subjugada; mas sempre falso, sempre mau, sempre perigoso"), de modo que esse "sexo odioso que hoje transformamos em ídolo" seja bem definido como o campo de manobra da nova religião; e ora, ao contrário, lhes será concedido um lugar de primeira importância na subversão libertina, como se pode ver na Sociedade dos Amigos do Crime e nas *Instructions aux femmes* dessa organização infernal. Ardente partidário da sodomia entre os homens, Sade não defende menos as relações mistas. Não se trata de Sodoma, de um lado, e de Gomorra, de outro, mas de uma multiplicada pela outra, tanto mais que o motor da ação é confiado às grandes figuras femininas da narrativa, Juliette, Clairwil, Durand. Ruborizamo-nos, aqui, ao lembrar, com efeito, que existe cu e cu. "As mulheres voluptuosas que o experimentaram não podem mais escolher a via habitual." Não é apenas um expediente anticoncepcional, mas todo um programa aplicado àquilo que o preconceito chama de origem do mundo. A lição final de *Juliette*, pronunciada sobre o corpo fulminado de Justine, é perfeitamente clara quanto a isso: "O raio entrou pela boca e saiu pela vagina: abomináveis gracejos são feitos sobre os dois caminhos percorridos pelo fogo do céu. 'Como está certo quem louva Deus', diz Noirceuil, 'veja como ele é decente: respeitou o cu'".

Sade, no fundo, procura pôr um pouco de ordem numa confusão imemorial. Falando abertamente: um cu de homem é menos convincente que um cu de mulher, e isso é tão verdadeiro que a maioria dos libertinos sadianos tem necessidade, para descobrir este último, de evitar todo contato (mesmo visual) com o outro orifício, a boceta, pois esta esfriaria seus desejos. Existe aí (complexo clássico de castração, diria o dicionário) uma obliteração, cujo inventário interno Juliette é encarregada de fazer. Já há muito tempo seus dedos obedecem à sua cabeça, os clitóris e os pênis não têm mais segredos para ela, que é constantemente fodida na boceta e no cu; seus orgasmos são inumeráveis, assim como seus crimes; ela chegará até o infanticídio, no calor de um ato sexual com Noirceuil, contra a pessoa de sua deliciosa neta Marianne. O leitor e sobretudo a leitora nos perdoem por empregar aqui os termos "técnicos". Eles são necessários. "*Colhão* é o termo técnico", diz Sade; "*testículo* é o termo artístico." Isso não quer dizer que se passe o tempo em obscenidades; longe disso. A verdadeira obscenidade está na hipocrisia, na negação, na repressão. Mas — Deus nos livre e guarde — se todos se tornassem cínicos e "técnicos", seria o caso, evidentemente, de fazer o contrário. Questão de situação. A *abertura* é que é essencial, nada mais que isso. A certa altura, Juliette diz: "Eu encontrava pessoas muito bonitas, mas com cabeças tão frias! — nem uma abertura sequer". Isso esclarece o axioma: "As impressões da dor são claras: elas não enganam como as do prazer, perpetuamente representadas, mas quase nunca sentidas por elas". Juliette é a heroína do *quase nunca*.

Conhece-se a célebre declaração condensada de Saint-Fond: "Eu estava coberto de maldições, de imprecações, *eu parricidava, incestava, assassinava, prostituía, sodomizava*! Ó Juliette, Juliette, nunca fui tão feliz em minha vida!". O verbo *incestar* é uma bela criação de Sade, verdadeiro inventor das estruturas elementares do parentesco. Matricídio e parricídio são as duas sólidas colunas do templo sadiano, cuja ambição é nada menos que bíblica. Clairwil chega a citar o *Eclesiastes*: "Tudo é vaidade, tudo vai para o mesmo lugar, tudo foi feito de pó e em pó há de tornar". Mas eis que, de repente (porque ninguém é mais *europeu* do que ele), Sade se encontra em Estocolmo. Ele se chama então Borchamps, é recebido na famosa loja do Norte, que não cessa de cometer crimes terroristas para atribuí-los à administração real e provocar, assim, uma revolução que lhe daria o poder. O juramento de admissão, que se considera a continuação da vingança dos templários, é bastante explícito: "Juro exterminar todos os reis da terra;

fazer uma guerra eterna à religião católica e ao papa; defender a liberdade dos povos; fundar a República Universal". Depois disso, passa-se friamente às orgias. Já devem ter notado, anteriormente, qual era o programa do ministro Saint-Fond: fazer perecer dois terços da França, "despovoar" para estabelecer uma tirania feroz, exaurir a nobreza escolhendo vítimas de preferência nas suas fileiras, como por exemplo, as mais belas garotas entre nove e dezesseis anos de idade (Juliette tem dezessete), "virgens e as mais bem-nascidas, todas com títulos ou possuidoras de uma grande riqueza". Aqui, para arejar um pouco o discurso, cabe falar um pouco sobre o estilo de vida de Juliette quando ela tem a boa sorte de se tornar, graças aos seus dons, a amante do ministro e a organizadora de seus prazeres:

"Uma soberba mansão em Paris, um recanto delicioso acima de Sceaux, uma casa de encontros amorosos das mais voluptuosas em Barrière-Blanche, doze tríbades, quatro camareiras, uma leitora, duas vigias, três carruagens, dez cavalos, quatro criados escolhidos pelo tamanho do membro e todos os demais atributos de uma casa muito grande e, só para mim, mais de dois milhões para comer por ano, com as despesas da casa pagas."

Pode-se sonhar, hoje, com essa *leitora*, com essas *vigias*...

Não existe, porém, apenas a organização, difícil, das orgias do ministro. Todo dia (todo dia!) Juliette encontra em sua "casa de encontros" quatro homens e quatro mulheres com os quais ela "dá plena vazão a seus caprichos".

Caprichos... Do italiano *capriccio*, frêmito. Sade fala em algum lugar de seu "ouvido um pouco italiano".

Não falemos do guarda-roupa, das jóias, do mobiliário, vamos direto ao âmago das coisas: "Dois milhões em ouro em meu cofrinho, diante dos quais às vezes eu ia, a exemplo de Clairwil, esfregar a boceta, gozando esta idéia singular: *eu amo o crime e aqui estão todos os meios do crime à minha disposição.*"

A propriedade é roubo, o dinheiro é crime. Qualquer outro ponto de vista é uma justificação do crime, muito mais criminoso que o próprio crime. Nada menos "sádico-anal" que o espantoso sistema de gastos imaginado por Sade e a confissão que ele motiva. Se existe um vício que ele execra, é a avareza acumulativa, sem esbanjamento gratuito; o Capital, portanto, como apoteose do Trabalho. "Não trabalhem nunca", "gozem desenfreadamente", "sejam realistas, peçam o impossível" poderiam ser frases pronunciadas pelos personagens sadianos. Os muros de Paris se encarregaram de divulgá-las não faz muito tempo, vocês talvez ainda se lembrem. Uma pichação suplementar poderia perfeitamente figurar entre elas: "É preciso que a desmesura acompanhe a delicadeza". Essa mensagem não teria nenhum sentido em Nova Iorque, não é verdade?

As duas únicas posições que Sade admite francamente são o aristocratismo desenfreado ou o grande banditismo, desde que os dois estejam ligados ao crime de sexo imaginativo. D'Esterval e sua mulher Dorothée são nobres e muito ricos, mas eles preferem distrair-se em plena floresta fingindo-se de estalajadeiros para violar e assassinar os viajantes e suas famílias. As atividades sociais em geral são ignóbeis, assim como todos os discursos que as levam a sério. Daí esta blasfêmia que parecerá espantosa à nossa época: "Qual a necessidade de o homem viver em sociedade?".

Humor de Sade. Veja-se em *La nouvelle Justine*, esse jantar na casa de Gernande (cuja paixão principal consiste em sangrar a própria mulher para se excitar):

> — *Perdão* — *diz o conde* —, *não vos esperava; meu sobrinho não me escreveu nada; o que vos servirei é meu jantar de todos os dias; tende a bondade de perdoar-me a mediocridade.*
>
> *Serviram-se duas sopas: uma de massa italiana com açafrão; a outra de lagostins com caldo de presunto; entre uma e outra, um lombo de boi à inglesa; doze* hors d'œuvre, *dos quais seis culinários e seis de hortaliças; doze entradas, quatro das quais de carne vermelha, quatro de aves e quatro tortas; uma cabeça de javali em meio a doze pratos de assados, seguidos por dois pratos de* entremets *salgados, doze de legumes, seis de cremes diversos e seis de quitutes doces; vinte pratos de frutas e compotas; seis tipos de sorvetes, oito espécies de vinho; seis diferentes licores, rum, ponche, espírito de canela, chocolate e café. Gernande serviu-se de todos os pratos; alguns foram totalmente esvaziados*

por ele; bebeu doze garrafas de vinho; quatro de Volney, para começar; quatro de Aï no assado; o Tokai, o Paphos, o Madeira e o Falerno foram tomados com as frutas; terminou com duas garrafas de licor das ilhas, uma boa dose de rum, duas tigelas de ponche e dez xícaras de café.

Depois dessa leve refeição, Gernande e seus convidados poderão finalmente *trabalhar*.

Reler *La nouvelle Justine* e *Juliette* é uma grande alegria. Sentimo-nos despertos, leves, desagregados, espantados, cansados, instruídos, divertidos, devassados, reconstituídos, novamente centrados. Eu não diria isto de nenhum outro livro. Compreendo melhor por que os romances me parecem em geral acanhados e estúpidos: sobretudo por que a tirania complacente sob a qual vivemos *quer* essa estupidez. Jamais a arte do romance atingiu esse rigor de composição, essa ligeireza de contornos. Sade ou a arte da fuga, a oferenda musical da consciência de si. Paradoxo inesperado, a existência humana, vermezinho em *sursis*, ressurge dessa arte mais preciosa, insubstituível. O que resta de Sade é de uma delicadeza infinita. O corpo humano sempre esteve em perigo, agora mais do que nunca. Sade viu essa violência desregrada, esse desperdício. Seu mundo é mais vibrante, mais intenso que o nosso e, ao mesmo tempo, estranhamente calmo, olímpico. O raio surge do repouso. Todos os personagens têm traços inesquecíveis, são deuses.

Deuses maus, sem dúvida, mas que nos servem de substitutos para aqueles, considerados bons, que toleram, abençoam ou manipulam as atrocidades em curso.

Fecho esse livro interminável, antimatéria de todos os livros. Levanto os olhos. Toda árvore é mais bela, toda flor mais luminosa, a infância está aí, as cores, os odores, o tato, os sons, as folhas, o bosque, a água, o ar. O tédio só poderá advir do uso absurdo que os humanos fazem de si mesmos. Eles não se amam; são seres psicológicos e sociais: tanto pior. "A felicidade", diz Noirceuil, "está ligada à energia dos princípios." Alguém logo lhe fará eco: os primeiros princípios devem estar fora de discussão, o erro é a lenda dolorosa. O infortúnio? Ele vem por *comparação*. "A comparação leva ao infortúnio." É absurdo, por exemplo, colocar no mesmo plano, ou na mesma categoria, um arbusto e um choupo, Voltaire e Fréron, "o cavalinho das montanhas corsas e o fogoso garanhão de Andaluzia". Só o singular é verdadeiro. O mais singular é o mais verdadeiro.

Incomparável e paradisíaca se abre, assim, a Itália em *Juliette*: "Um país que daria a idéia do céu, caso se pudesse atravessá-lo sem ver os homens". Mas, aqui, o marquês acrescenta uma nota que nos interessa muitíssimo:

"Aqueles que me conhecem sabem que percorri a Itália com uma mulher muito bonita; que, como único princípio de filosofia lúbrica, apresentei essa mulher ao grão-duque de Toscana, ao papa, à família Borghese, ao rei e à rainha de Nápoles: eles devem, portanto, estar convencidos de que tudo o que se refere à parte voluptuosa é exato, que esses são os costumes bem freqüentes dos personagens indicados que pintei, e que, se eles tivessem testemunhado as cenas, não poderiam tê-las visto desenhadas de forma mais sincera. Aproveito esta oportunidade para garantir ao leitor que o mesmo acontece no que diz respeito à parte das descrições e das viagens: ela apresenta a mais extrema exatidão."

O romance é mais que um romance, ele tem chaves verdadeiras-falsas; nada mais falso que a distinção categórica falso-verdadeiro *nessas coisas* (que, em vista disso, sempre haverão de escapar ao computador). Ele não apenas põe em jogo o avesso etnológico e sexual da História, da Antigüidade até hoje, como também esclarece o que realmente aconteceu no tempo, "aumentando" até o absurdo as paixões criminosas. *E, no entanto, é verdadeiramente um romance.* "Nunca ousaríamos dizê-lo, se se tratasse de um romance", diz Noirceuil. Ao que Juliette responde: "Por que temer publicá-lo, quando a própria verdade arranca os segredos à natureza, em qualquer lugar onde palpitem os homens? A filosofia deve dizer tudo".

A verdadeira filosofia é um romance que não é um romance, continuando a ser um romance: tal é a exceção francesa incompreensível, inadmissível. Lógica, visto que traz em si a Revolução. Esta se encontra definitivamente conjurada, aniquilada, exorcizada? É o que dizem, mas não se tem certeza disso. De qualquer forma, haverão de se lembrar que Sade realmente percorreu a

Itália com sua cunhada, episódio que deu origem aos seus aborrecimentos.

"Foi nos limites do *faubourg* Saint-Jacques, numa pequena casa isolada e situada entre pátio e jardim..." Eis-nos em casa de Durand, uma das figuras centrais de *Juliette*. É uma nova Brinvilliers, mais sombria, uma feiticeira dada a poções. Ela reina sobre frascos, pós, afrodisíacos. É uma Rainha da Noite, seu clitóris é muito grande. Conhecem o "pó de sapo Verdier", o "licor de *joui* do Japão"? Não? É pena. Durand pode também utilizar uma linguagem secreta que faz aparecer e desaparecer um velho silfo chamado Alzamor, uma espécie de máquina sexual animada que surge do além para nele se reintegrar. Estamos em plena magia. Juliette e Clairwil, que vieram para se *informar* e fazer algumas experiências, ficam deslumbradas. Contudo, nada há de extraordinário, só as performances habituais: fustigações, felações, penetrações, esquartejamentos diversos, extração de órgãos, sobretudo do coração humano, que, por seu calor e elasticidade, é um artigo de primeira para a sensação orgásmica. Há alguns assassinatos *in loco*, para testar os venenos mais violentos, a "carne calcinada do *engri*, espécie de tigre da Etiópia", por exemplo. No momento em que Durand demonstra seus poderes sobrenaturais, as duas visitantes ficam um pouco espantadas (e é preciso muito para surpreendê-las). "Muito bem! — diz a feiticeira, vendo-nos petrificadas — estais com medo de mim? — Medo, não, mas não te concebemos".

Esse "não te concebemos" é grandioso. Durand se explica: "Toda a natureza está subordinada a mim. Com a química e a física, consegue-se tudo". E eis o que poderia fazer Ezequiel ou Shakespeare revirarem-se no túmulo: "Ela tira uma caixa do bolso, espalha pelo cemitério o pó ali contido, e a terra se revira oferecendo-nos um solo carregado de cadáveres". Isso dá ocasião a novas performances, com os ossos servindo de falos artificiais. Convulsões diversas, aula (muito atual) sobre a maneira de "transformar em veneno a carne dos animais", aparição velada do próprio Deus e de seu pênis logo transformado em fumaça (pensa-se na fórmula de Artaud: a "inépcia sexual de Deus"), em suma, "aqui, o mistério e o divertimento estão em seu centro". E, como "as loucuras mais desenfreadas, mais exacerbadas da libertinagem nada tiram da delicadeza do amor", a conclusão será dada, mais tarde, pela eterna aliança selada entre Durand e Juliette: "É preciso ter apenas uma amiga, amar sinceramente somente a ela, e gozar com todo mundo". Acreditava-se que Durand estava morta em Veneza; mas não, ei-la subitamente de volta a Paris.

É preciso reportar-nos aqui a *Voyage d'Italie*, e salientar que Sade, com 26 anos, em 1776, está fugindo e passa por Nápoles, onde, algum tempo depois, chega um personagem muito singular, cuja história já contei[1].

---

1. *Le Cavalier du Louvre – Vivant Denon (1747-1825)*. Plon, 1995, *Missions à Naples*, cf. Capítulo 5.

Florença, Roma, Nápoles, Veneza... Como não se lembrar de que Sade, nesta última "cidade imensa, que flutua sobre as águas", faz Zanetti dizer, a propósito de Salute: "É o costume aqui: as igrejas nos servem de bordéis". Olhemos sempre com cuidado para ver se aqueles que querem fechar as igrejas não querem, no fundo, fechar os bordéis.

Observemos, porém, os poderosos descobertos por sua devassidão. A rainha de Nápoles, por exemplo, irmã de Maria Antonieta, que Sade curiosamente chama de Charlotte: "Ela é bela, sua pele muito branca, o pescoço empertigado, as nádegas admiráveis, as coxas de uma maravilhosa proporção; nota-se que ela fodeu bastante, de todas as formas possíveis, mas está ainda bem conservada, e suas aberturas ainda bem estreitas". E aqui uma nota: "Este esboço foi feito observando-a ao natural". A quem ele queria fazer acreditar nisso? Pois bem, à credulidade do tempo, que é, como sempre — eis que estamos avisados —, enorme. "O trono é do gosto de todo mundo, e não é o trono que se detesta, mas aquele que nele toma assento." A mesma demonstração se dá, ainda mais verossímil por causa do cnute, no caso de Catarina da Rússia, de cuja luxúria Borchamps pode falar com desenvoltura: "Que vos direi, meus amigos? A Imperatriz foi comida naquele dia mesmo" (imaginemos, algum tempo depois, o imperador e a imperatriz dos franceses lendo este tipo de afirmação). Mais uma vez, uma nota agrava o caso de Sade: "Aqueles que viram bem de perto essa mulher, célebre tanto por seu espírito quanto por seus crimes, haverão de reconhecê-la suficientemente aqui, de forma a se convencer de que foi pintada observando-a ao natural." Na realidade, o marquês não pára de debochar dos filósofos que acreditaram no despotismo esclarecido. As luzes eram fracas demais: não se percebiam nem a nudez, nem as devassidões infames, nem as torturas horripilantes em meio aos estertores de prazer.

A Itália, onde se encontra este "quadro sublime": a Vênus de Ticiano. É lá que ocorre um extraordinário e culminante encontro entre Juliette e o papa Pio VI, Braschi.

Juliette é obrigada a deixar a França às pressas. Ela hesitou há pouco em obedecer a Saint-Fond em seu projeto de exterminar dois terços da população por envenenamento. Está em perigo de vida e foge para Roma. "Eu tinha, em meu poder, cartas para o cardeal de Bernis, nosso embaixador nesta corte, que me recebeu com toda a galantaria do encantador êmulo de Petrarca."[2] Bernis é, juntamente com outro cardeal, Albani ("o maior devasso do Sacro Colégio"), o intermediário ideal para chegar ao papa. Sade sente ternura por Bernis: é um

---

2. Não é, pois, sem sólidas razões que, em *Sade contra o Ser Supremo* (publicado inicialmente como apócrifo, em 1989, depois sob seu nome, em 1992, e incluído neste volume), imaginei Sade na véspera de sua prisão, ocorrida em 1793, escrevendo a Bernis, que se encontra em Roma. Ver também *Pour célébrer la vraie Révolution Française*, em *Improvisations*, Folio, 1991.

filósofo, um libertino, um poeta, "o amante da Pompadour". Ei-lo imediatamente em ação sobre o corpo de sua compatriota. "Charlatão", diz-lhe Juliette com fingida ingenuidade, "tu falas contra as drogas que distribuis". Bernis, entre duas ejaculações e blasfêmias, responde-lhe, calmamente, que nem todos os homens podem ser filósofos. É o próprio bom senso, estamos no Vaticano. Depois, Juliette consegue seu encontro principal, isola-se com o papa, entrega-se a ele, serve-se dele, pensa em roubá-lo e faz que lhe ofereçam uma solene e funesta missa negra, à noite, na Basílica de São Pedro.

Essa grande passagem é extraordinária, visto que, contrariamente a tudo o que todo mundo devia pensar no fim do século XVIII, um papa continua lá, em nossos dias, na Basílica de São Pedro. Juliette, ao mesmo tempo que desmascara alegremente o pontífice libertino, tratando-o de "desprezível farsante", de "velho macaco", de "velho tratante", de "filósofo mitrado", prediz-lhe, com toda a certeza, que ele é o "último papa da Igreja Romana". Pio VI ("poucos indivíduos neste mundo são tão luxuriosos, não existindo um só que entenda como ele as buscas da devassidão") diverte-se com ela, e lhe faz um grande discurso de filosofia materialista, um dos mais belos e dos mais bem argumentados que Sade escreveu.

Vejamos as datas. Pio VI, nascido, como seu sucessor, em Cesena (de onde nos vem Cézanne), é papa de 1775 a 1799. Ele condena a Constituição Civil do clero francês em 1791, vê seus Estados serem invadidos pelo

Diretório em 1797. Bonaparte, que já vê mais longe, não obedece às ordens. Em lugar de "acender como nunca as chamas do fanatismo", ele contemporiza e decide fazer a Santa Sé pagar. É o Tratado de Tolentino. Em 1798, Pio VI é preso em Roma, pelo general Berthier, e morre prisioneiro na França, em Valence, em 29 de agosto de 1799.

Sade podia pensar, efetivamente, que ele era o último papa. Ou, então (pois o pensamento do marquês é sempre mais complexo do que se pensa), que havia *outra coisa* acontecendo, sob a máscara do ateísmo. O quê? Eis a questão.

De todo modo, a cena de São Pedro é a mais impressionante desse romance fabuloso que se transforma, naquele momento, na própria História.

Pio VII, Chiaramonti, de quem Chateaubriand haverá de falar com tanta eloqüência em *Memórias de além-túmulo* (Sade e Chateaubriand, dupla infernal), assina uma concordata com a França em 1801, o mesmo ano da prisão de Sade. Ele vem sagrar Napoleão em Paris, em 1804, seus Estados são ocupados em 1808, ele é preso em Savona em 1809 e, depois, em Fontainebleau, em 1812. Volta triunfalmente a Roma, já que ganhou a guerra, em 25 de maio de 1814. Quanto a Sade, ele morre em 2 de dezembro do mesmo ano. Nunca haveremos de conhecer o livro que ele estava escrevendo em Charenton, *Les journées de Florbelle*. A polícia apreendeu-o e o destruiu.

Entre tantas coisas estranhas, uma chama a atenção. Não há, em *La nouvelle Justine* e em *Juliette,* nenhuma alusão ao casal real francês, Luís XVI e Maria Antonieta. Esta singularidade se acentua (não nos esqueçamos de que supõe-se que os volumes teriam sido escritos em 1788 e publicados postumamente) quando, no final de *Juliette*, um correio de Versalhes vem anunciar a Noirceuil que este irá assumir as funções ministeriais de Saint-Fond, que acaba de morrer. "Eis a carta escrita de próprio punho pelo rei, que ordena que eu me apresente imediatamente à corte para tomar as rédeas do governo." Que punho? Que rei? No momento em que Sade escreve, não há mais punho nem rei. Que importa! Os filósofos libertinos são, contra toda justiça, coroados de favores. "Segui-me as duas — diz Noirceuil a Juliette e a Durand —, não quero nunca me separar de vós. Como havereis de ser úteis para mim no leme do barco que vou conduzir!"

O que se deve concluir? Que, se os heróis sadianos estivessem no governo, a Revolução não teria acontecido? Ou, ao contrário, que foram eles que, na sombra, a fomentaram e dirigiram? Em seu romance, num piscar de olhos, Sade restabelece o trono e o altar em seu proveito altamente subversivo. Mas, talvez, ele se contente, de passagem, em salientar que, doravante, apenas uma revolução real está em curso: a sua.

1996

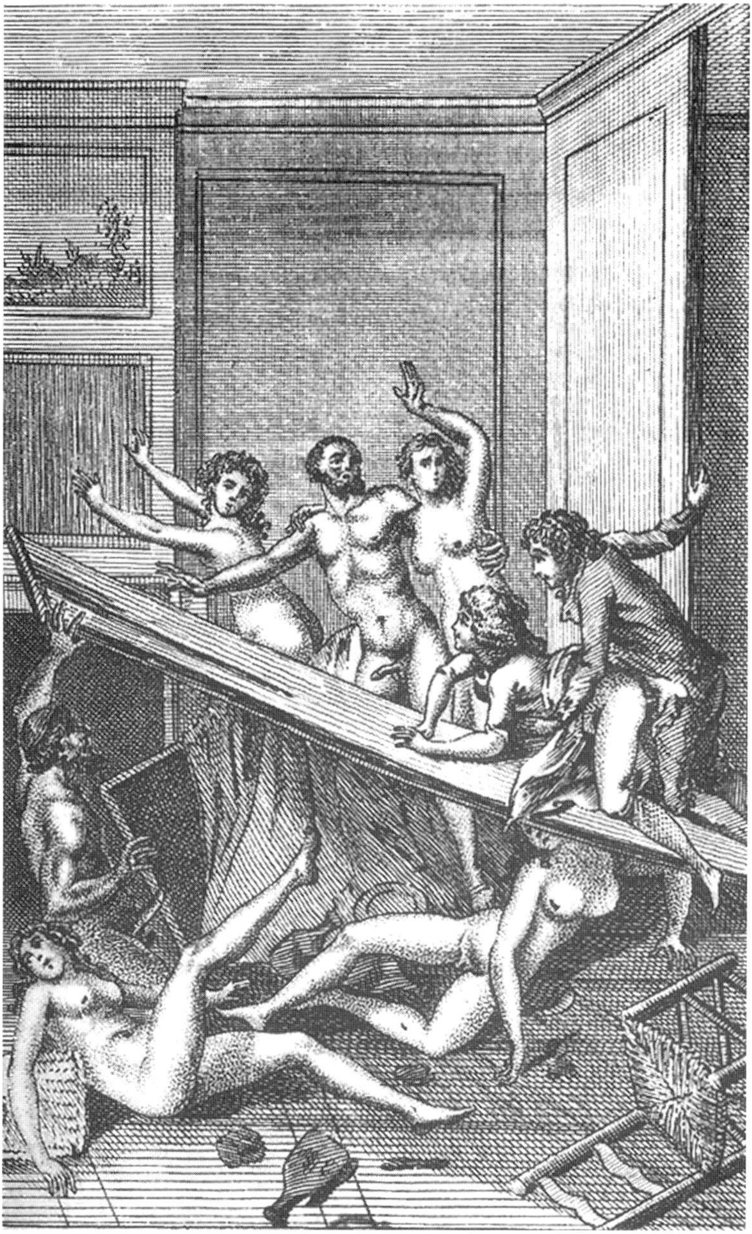

Sade contra o Ser Supremo

Aviso do editor

Esta carta inédita e extremamente curiosa do Divino Marquês fora confiada, por Apollinaire, a Maurice Heine e, depois, por este último, a Gilbert Lely. Este no-la entregou pouco antes de sua morte, com a recomendação de só a publicar em 1989, por ocasião do bicentenário da Revolução Francesa. Sua vontade, que hoje está sendo atendida, leva-nos, naturalmente, a dedicar-lhe a atual publicação.

Simplificamos ao máximo o aparato crítico, sobretudo porque um certo número de arquivos (notadamente os do Vaticano) ainda nos estão, em parte, inacessíveis. O destinatário só pode ser o cardeal de Bernis, exilado em Roma e morto em 1794. A data da carta é, no nosso entender, 7 de dezembro de 1793, à noite. Com efeito, o marquês faz alusão ao suplício da senhora du Barry, que ocorreu no mesmo dia. Ora, sabe-se que ele foi preso no dia seguinte, 8 de dezembro (18 Frimário, ano II, dez horas da manhã). Aliás, essa prisão está indiretamente ligada à senhora du Barry, pois ela se refere à "correspondência Brissac". Sade, em 1791, solicitara um lugar para si e para os seus na guarda constitucional do rei, cujo comandante geral era o duque de Cossé-Brissac, amante da condessa du Barry (cf. Cl. Saint-André, *Madame du Barry*, Paris, 1909). O duque fora linchado, por ocasião de uma transferência de prisioneiros, pela população de Versalhes. Sabe-se que, armado apenas de uma faca e de uma bengala, defendeu-se como um herói. Quanto ao marquês, começa para ele a série de prisões sob o Terror: Madelonettes, Carmes, Saint-Lazare, Picpus (onde ele se encontra em companhia de Laclos). Ele só sairia de Picpus para ser executado: a acusação, assinada por Fouquier-Tinville diante do tribunal criminal extraordinário e revolucionário, data de 26 de julho de 1794 (8 Termidor, ano II). O fato de ter escapado à chamada de seu nome no momento de ser morto continua sendo um mistério. Na lista dos condenados, ele tinha o número 11. É acusado notadamente de "cumplicidade e correspondências com os inimigos da república" e de "ter-se mostrado partidário do federalismo e defensor do traidor Roland" (em outras palavras, de ter pertencido ao partido girondino). O marquês, naquela última noite de sua relativa liberdade, sabe que está ameaçado? Pode-se imaginar que sim. Daí a especial importância deste documento, cuja atualidade com certeza irá chocar mais de um leitor.

Minha detenção nacional, com a guilhotina à vista, me causou cem vezes mais danos que jamais me fariam todas as bastilhas imagináveis.

Sade
Carta a seu advogado Gaufridy
21 de janeiro de 1795

Uma grande desgraça paira sobre nós, meu caro cardeal, ainda estou aturdido. Parece que o tirano e seus asseclas se preparam para restabelecer a quimera deífica. Não se trata de uma incrível bufonaria? Sabeis que sou pouco sensível aos boatos e às notícias de todo tipo que, de uns anos para cá, agitam nosso belo país. Na verdade, nunca deve ter havido uma tal agitação, uma tal volubilidade de opinião; tantas falsidades divulgadas em tão pouco tempo em todos os espíritos; tanta confusão de pensamentos, de desejos, de adorações e de invejas; um estado tão avançado de degradação na malevolência orquestrada. Acreditaríeis se vos dissesse que o evangelho secreto da nova religião que ainda espero impossível (mas para isso se vai caminhando a passos largos) pode-se resumir assim: "Odiarás a teu próximo como a ti mesmo"? Isto não lhe parece demasiadamente ridículo, perturbador? Era necessário quebrar os altares da superstição e do fanatismo para reconstruir, ao inverso, esse culto grosseiro? Pensávamos ter extirpado a hipocrisia; pois bem, agora nos preparam, imaginai, um outro espetáculo. Depois dos rios de sangue, sabeis o que está por vir? Duvido que sejais capaz de adivinhar: o *Ser Supremo*! Não ride, é o elevado nome da Quimera; trocaram as vestimentas da marionete.

Vós dais de ombros em vosso exílio que, imagino, apesar de vossa ruína, ainda se reveste da glória que sempre tivestes. Os monumentos de Roma estão sob vossos olhos, e Roma sempre será Roma. Haveis de ver como eu me acomodo se meus escritos algum dia chegarem a vós. No momento, não reconheceríeis mais Paris. Dir-se-ia que um véu pegajoso, acre e fosco paira nas ruas desta cidade, que foi outrora a mais viva e a mais luminosa do universo. Os habitantes parecem alternativamente superexcitados e ansiosos, convulsivos e mornos. Ora correm uns para os outros para contarem-se mexericos sem fundamento; ora se evitam e se esquivam uns dos outros, como se acabassem de jurar uma inimizade eterna. Mas não: ei-los novamente no dia seguinte, cochichando-se misteriosamente ao ouvido, com a expressão de quem conhece segredos; as caretas devem ter um sentido, a conspiração está por toda parte e em parte alguma. Podeis imaginar que sou muitas coisas, mas de forma alguma um animal de sangue frio. Ora, eis que chega a época do sangue abstrato, enrijecido, frígido. A fábula cristã era absurda, admito, mas ela permitia, às vezes, ímpetos voluptuosos. O que vemos formar-se atualmente? Corpos agarrados, privados de seu valor, desinfetados, saudáveis, regularmente retalhados sem o menor sinal de luxúria aparente. Tomai esses pobres girondinos. Soubestes que eles morrem *cantando*? Estranho quadro o da guilhotina ceifando, uma após outra, essas vozes alegres. Aqueles outros, pelo menos, terão morrido como viveram, com a mesma insolência, como no caso da pantomima de Sillery, que veio saudar a multidão e as *tricoteuses** nos quatro cantos do cadafalso. Acreditais que aquilo emocionou o público? Que aquilo desconcertou a canalha? De modo algum. Estamos diante dos desenhos feitos ao vivo pelo sinistro David, encarregado de esboçar as atitudes dos condenados: ele é visto sentado nas aberturas das janelas, impassível, com o lápis na mão, fazendo um *esboço* dos desgraçados amontoados em suas carroças. Ao que parece, teria sido ele o encarregado de organizar as festas para celebrar o novo deus ao qual esses sacrifícios humanos são oferecidos. Vede a que ponto chegaram as Belas-Artes! Eu vi Fragonard ontem à noite, sim, o grande e famoso Fragonard. Ele não diz nada, não pinta mais, encafurna-se. Ele me confiou um de seus desenhos, agora mesmo o tenho sob a minha cama. E se os funcionários do Ser Supremo o descobrissem! Eu seria castigado, e pretendo manter minha cabeça corrompida sobre meus ombros curvados. O olho de Alá nos vigia dia e noite, não vamos despertar a sua cólera. Serei obrigado, amanhã,

---

* *Tricoteuses*: mulheres que assistiam às sessões do tribunal revolucionário fazendo tricô. (N.T.)

a ir me esconder nos subterrâneos do Vaticano, em meio às coleções obscenas dos papas? Seria o cúmulo, não?

Provavelmente vos lembrais daquele escrito de Voltaire assinado Joussouf-Chéribi, do qual nós rimos juntos há muito tempo. Trata-se dos perigos da leitura. Eu anotei algumas frases, elas são muito verdadeiras: "Para a edificação dos fiéis e para o bem de suas almas, nós os proibimos de ler qualquer livro, sob pena de danação eterna. E, para evitar que caiam na tentação diabólica de se instruírem, proibimos os pais e as mães de ensinar seus filhos a ler. E, a fim de evitar qualquer contravenção à nossa ordem, proibimos expressamente de pensar, sob as mesmas penas; conclamamos todos os verdadeiros crentes a denunciar aos nossos guardas quem quer que tenha pronunciado quatro frases articuladas, das quais se possa inferir um sentido claro e inteligível. Determinamos que, em todas as conversas, sejam usados termos que nada signifiquem, segundo o antigo uso da Sublime Porta"[1]. De resto, poder-se-ia, meu caro cardeal, imaginar um tempo em que, por meio do Ser Supremo, e contrariamente ao otimismo comercial do gentil Arouet, houvesse uma lei que obrigasse, a um só tempo, a enriquecer-se e a não ler mais. O incorruptível teria chegado aos seus fins. Paradoxo? É conhecer mal os homens

---

1. Voltaire, *De l'horrible danger de la lecture* (1775), in *Mélanges*, Pléiade, p. 713. Esse texto, como todos devem lembrar, encerra-se com a famosa frase: "Dado em nosso palácio da estupidez, no dia 7 da lua de Muharem, ano 1143 da hégira".

pensar que eles buscam o objetivo que confessam. Eles dizem branco e pensam preto. Sim, quando é não. Pureza, e eis o vício. Virtude, e a corrupção aumenta.

Como de costume, o segundo plano é ocupado pelas mulheres. São elas — nem preciso explicar por quê — que fornecem os grandes contingentes da volta a Deus. Já observei há uns vinte anos (meus aborrecimentos com a Presidenta começavam) uma renovada tendência nesse sentido. Lembremo-nos das Senhoras de... e de...[2] Essas duas hipócritas viragos mantinham então um salão; vangloriavam-se de influenciar determinados livreiros sempre dispostos a esquivarem-se de obrigações e a serem covardes. Uma presumia-se poeta, a outra metafísica. Contrariando, tanto uma como outra, os princípios da razão, elas reinavam, à época, sobre uma população de cronistas de jornal, e faziam que eu fosse denunciado nas gazetas por qualquer motivo. Em meio a elas, o Ser Supremo está, se me permitem dizer, cerceado. Acredito mesmo que elas já estavam de conluio com a louca Théot[3]. Seja lá como for, essas putas estão bem relacionadas atualmente. Suas ligações aristocráticas foram esquecidas; elas se proclamam republicanas, são protegidas por obscuros jacobinos, e chegam a ter correspondentes em Roma, sim, aí onde estais, na Cúria.

---

2. Aqui, dois nomes riscados (pelo destinatário?).
3. Catherine Théot dizia ser a mãe de Deus e fundara uma seita cujas sacerdotisas se chamavam A Esclarecedora, A Cantora, A Pomba. Ela terminou por prejudicar até Robespierre.

O abade...[4], esse hipócrita e falso-arcanjo de Sodoma, serve-lhes de braço direito. Diz-se que a estúpida Théroigne[5] está sendo paga por elas para manter, nas mulheres das ruas, um estado de nervosismo contínuo. Elas sonham, essas vestais do obscurantismo, essas cafetinas frustradas de Gomorra, em transformar a França em convento da nova impostura. As roupas mudam, a alma de lama continua a mesma. Cobrir-se-ia a falta de atrativos desses refugos de bordel com um uniforme negro tomado de empréstimo às viúvas místicas do Islã. Como vedes, tudo está indo depressa, à medida que as cabeças tombam nos cestos. Não há nem uma dessas arrogantes idiotas que não tenha pensado, em certos dias, em circuncidar violentamente o macho que as atraía. Por que, poderiam elas se perguntar, limitarmo-nos apenas ao órgão que é o único objeto de nossos ressentimentos? Por que não cortar mais fundo? Sem sujar as mãos, sem tocar? Em homenagem ao Ser Supremo em maldade onde se mascara mais ou menos bem a figura de sua mãe? A M...[6] me falou muito de sua filha possuída pelo mesmo demônio. O Ser Supremo! Eis o que convém melhor que o Pai, o Filho e o Espírito Santo! É mais *Ela*! Bastaria escolher o sacristão macho que pudesse servir publicamente ao desejo delas: pronto.

---

4. Nome riscado.
5. Théroigne de Méricourt.
6. A presidenta de Montreuil, sogra de Sade.

Eu vos repito: se não se tentar nada logo, será a catástrofe. Eu não me conformaria com isso jamais: eu teria vivido e sofrido por nada, derramado, em vão, minhas lágrimas de sangue sobre a perda de meus manuscritos na Bastilha[7]? Eu teria, em vão, agüentado esse crápula do Rougemont[8] e sua grosseria cotidiana, agravada pela minha perseguidora de saias? Um dos meus amigos filósofos fala da "esperteza da História". A esperteza da Quimera é de outro modo temível e, às vezes, poder-se-ia acreditar que a ilusão da História só foi inventada para servi-la. Uma vez em seu lugar, apoiada, adorada, servida por seus novos sacerdotes, ela decide, evidentemente, o fim da História, e é precisamente a isso que assistimos nos dias de hoje. Os traficantes já se agitam nos bastidores. O Ser Supremo nos prepara um excelente Bezerro de Ouro. Para que teria servido, pois, o horrível suplício do pequeno La Barre, quando milhares — e no futuro, quem sabe, milhões — de sujeitos serão colocados sob o seu jugo? Não vamos trocar um tirano por outro pior? E por que não, daqui a pouco, um ditador que assumisse o título de mufti ou, ainda mais engraçado, o de imperador? Vejo com muita clareza David aderir imediatamente ao novo regime e, depois da festa do Ser Supremo, organizar essa sagração imperial com a participação do próprio papa! É bom avisar à Sua Santidade que uma tal comédia não está excluída. Ah, Luzes, Luzes, não fostes

---

7. *Les cent vingt journées.*
8. Diretor da Bastilha antes de 1789.

apenas a preparação para as Trevas? Rousseau, eterno tratante, então teu reino chegou? Tínhamos espíritos despertos, aguerridos, firmes. Havemos de ter carpideiras, Heloísas, Arsínoes. Pressinto uma maré de melancolia sofredora, um culto aos humores da menor vítima de enxaquecas promovida a profetisa. O *Sub-Ser Extremo* santificará seus humores. Tudo isso, haverão de me dizer, será bom para o povo, só a aristocracia era atéia. Mas, bons deuses, onde eles vão buscar essas bobagens? E mesmo que isso fosse verdade, quem faria melhor na história do gosto, dos prazeres, que a aristocracia? Para que nos servirá esse novo ídolo, senão para aumentar a feiúra cujos traços, doravante, estarão presentes em toda parte? Conheceis meu lema: desordem, beleza, luxo, frenesi, volúpia. E mais: se o ateísmo necessita de mártires, meu sangue está pronto. Escondamo-nos, porém. O bravo Thomas B...[9] acaba de cometer suicídio. Tornara-se misantropo em razão do enfraquecimento de seus desejos. Não tenho a intenção de fazer o mesmo. Meus desejos são sempre vivos, variados, incansáveis, continuamente renovados pela imaginação. O pensamento que eu tenho disso é o próprio pensamento. Não o sacrificarei no altar do último fantoche.

Julgais que exagero? Que uma tal bestialidade gélida tenha podido se instalar, em poucos meses, no país mais

---

9. Nome riscado. Trata-se, talvez, de Bernart ou Bernard, personagem desconhecido.

civilizado do mundo? Mas é isso que acontece. As conseqüências para o futuro são imensas, pois, que não haja dúvida, o *modelo* será seguido. Fala-se de festejar o Infame: é uma árvore. Da "liberdade"*. Eis uma transplantação sagrada! Onde irão se meter os sonhos de genealogia! Aboli a servidão: ela volta, mais que nunca voluntária. Sei que mais tarde me acusarão de ter *exagerado na dose* em meus escritos. É que ninguém terá visto o que vi com meus olhos, terá ouvido o que ouvi com meus ouvidos, terá tocado o que toquei, apalpei, verifiquei com as minhas mãos. Liberdade? Ninguém nunca foi menos livre, dir-se-ia um rio de sonâmbulos. Igualdade? Não há nenhuma igualdade, a não ser a das cabeças decepadas. Fraternidade? A delação nunca foi tão ativa. Se a intenção fosse pôr a nu o nó das paixões humanas, que encerram a aniquilação de todos por todos, o sucesso não teria sido maior. Sim, todos querem a morte de todos, isto é verdade. Mas que se coloque aí um pouco de invenção, de pimenta, o infinito manancial das formas, e não essa frieza de sentimentos de tribunal mecânico. A *pena* de morte me é revulsiva, a morte deveria sempre estar ligada ao prazer. Seria proibido zombar da morte? Ora, vejai! A morte séria! Industrial! Melancólica! Técnica! E, o que é pior, acompanhada das lamentações de Saint-Preux, das pusilanimidades de Épinette, sabeis quem é, a prostituta de Grimm?

---

* Árvores da liberdade: plantadas na França, durante a Revolução, simbolizando a liberdade renascente. (N.T.)

Em suma, um mau gosto infernal deveria se espalhar amplamente nas letras e nas artes, sobretudo graças a esse louco Hébert e a seu *Père Duchesne**. Assassinam-se não apenas os corpos, mas também a língua, a música, a pintura, a arquitetura, o teatro, a ciência. O vandalismo se tornou geral e, evidentemente, o analfabetismo acompanhará esse retrocesso. Foram necessários doze ou treze séculos para consertar os estragos do cristianismo; quantos não serão necessários para nos recuperar dos danos da nova religião? Todos os que sabem ler bem se tornaram suspeitos; ter consigo um livro de latim ou de grego pode, imediatamente, custar a vida. As atitudes e os grunhidos têm preferência sobre o saber; este indica logo um privilégio que os classifica como monarquista, conspirador, agente do estrangeiro, contra-revolucionário. A Virtude, a imunda Virtude, ganha nova vida sob o hálito pútrido da ignorância e do preconceito. Dizem-me que o Tirano ousou declarar, com sua falsidade costumeira: "Os séculos e a terra são partilhados pelo crime e pela tirania; a liberdade e a virtude apenas repousaram um instante em certas partes do globo. Esparta brilha como um relâmpago nas trevas imensas". Vós rides? Vós urrais de tanto rir? Estais enganado: essas inépcias são doravante correntes. Nossos obscurantistas são ouvidos, lidos, aplaudidos. *Esparta brilha como um relâmpago nas trevas imensas!* Eis a linguagem

---

* *Père Duchesne*: jornal da época da Revolução. (N.T.)

desses novos turcos, felizmente detidos outrora em Lepanto, pela adorável república veneziana, onde tivestes a felicidade, recentemente, de passar uma temporada. Eles não conhecem a Itália, meu caro cardeal, eles advogam a partir de uma Grécia e de uma Roma abstratas; eles se fingem de Horácios e de Curiácios, sem nunca terem visto os restos de Tito ou de Vespasiano. Mesmo o velho Montaigne sabia mais do que eles sobre os recursos romanos, ele que não hesitou em ir beijar os pés de Gregório XIII *após* o massacre de São Bartolomeu, tanto ele temia as "inovações calvinistas" e a interdição, mais uma vez, de Lucrécio e de Demócrito! Divertido espetáculo, não é mesmo, ver um espírito tão desiludido reter um ex-voto em Notre-Dame-de-Lorette! Como se vê, *os retornos à barbárie* não datam de hoje. Vivemos neste momento outra coisa senão a pura demência de Genebra? O dilúvio prussiano? Ouve-se falar todos os dias no estrangeiro; em geral, trata-se da Inglaterra. Mas quem são os nossos turcos iconoclastas, senão suíços e alemães, russos disfarçados de pomposos patrícios? Sedentos de uma vingança bem compreensível contra a nobreza francesa e sua Igreja galicana, doravante rediviva e juramentada? A Inglaterra? Mas o Regente* tinha mil razões para acabar com as alianças. Um dia lhe reconhecerão o gênio, apesar de seus desregramentos, de seu incesto público com a filha, ou, antes, *por causa deles*. A Igreja galicana? Mas foi o erro fatal, protestantismo

---

* O Regente: o duque de Orléans. (N.T.)

que não ousa dizer seu nome, Roma de pacotilha, sucedâneo de um meio-termo. Meu pai sempre me dizia que, como deveis lembrar, fora recebido como franco-maçom em Londres, ao mesmo tempo que Montesquieu, e em presença de Richmond[10]. O clero tonsurado de nosso país, por demais ligado ao Antigo Regime e à nobreza — nossos antigos criados, em suma — agora é eliminado, mas a maioria já aderiu à causa do Ser Supremo; amanhã, eles fornecerão as tropas do novo culto *ainda menos pagão* ou, antes, de um paganismo exangue. O cristianismo só é suportável se preserva o paganismo. Sem o quê, é novamente o ser quimérico e vão que surgiu apenas para o suplício do gênero humano. Dizei de minha parte ao Santo Padre que, *quimera por quimera*, a dele, embora perfeitamente hipócrita e risível, tem pelo menos a vantagem de ter povoado os santuários com as bacanais mais divertidas da história. Nenhum lascivo se engana quanto a isso, e sempre me recordo com saudades das horas deliciosas que passei em Florença ou Nápoles, diante daqueles corpos nus convulsivos, oferecidos[11]. Admirei Michelangelo e Bernini, não adorarei bustos

---

10. "O duque de Richmond era uma das personalidades da Grande Loja inglesa, de que se tornou grão-mestre. Em 1730, estando Montesquieu em Londres, Richmond alia-se a ele, como antes se aliara a Voltaire. Ele o recebe... ao mesmo tempo que dois outros franceses, François-Louis de Gouffier e o conde de Sade, pai do célebre marquês... A casa de Sade era uma das mais antigas dos Estados do papa, e contava, entre os seus ancestrais, Laure de Nove, a amante de Petrarca." René Pomeau, in *D'Arouet à Voltaire,* Oxford, 1985.
11. *Voyage d'Italie,* Tchou, Paris, 1967.

com barretes frígios ou colunas truncadas de templos falsos. Ah, cardeal, fazei o possível, eu vos imploro, amanhã será tarde demais! Que nossos últimos anos cá embaixo sejam empregados para pelo menos retardar o reino da *Suprema Megera*! Se essa desgraça tiver mesmo que acontecer, chegaríamos ao ponto em que, imaginai, sentiríamos falta de meus mestres jesuítas que ajudastes a expulsar do país; os jesuítas, esses chacais sombrios, mas que, pelo menos, à força de retórica e de casuística, nada ignoravam da inexistência de Deus, nem da arte do Diabo!

 Sabeis como chamam a guilhotina aqui? "A gravata de Capeto"*, "a abadia de Monte-à-Regret"**, "a báscula", "o gládio das leis", "a trapeira", "o postigo", "a navalha nacional", "a prancha de papel-moeda", "a navalha de Charlot", "o encurtamento patriótico", "a pequena gateira", "a viúva". Estes dois últimos nomes não mereceriam um longo comentário? Admitamos, porém, a hipótese de que "a viúva" tem um longo futuro pela frente e que o Ser Supremo será seu eterno marido. Houve, além disso, discussões sobre o nome divino. Um queria que se chamasse "o Grande Outro". Para uma divindade *sedenta* de sangue, até que não estava mau***. Outros hesitavam: o Grande Supremo? O Outro Supremo? Alguns alemães presentes

---

*   Capeto: apelido de Luís XVI durante a Revolução. (N.T.)
** Traduzindo literalmente: abadia do Subindo-a-Contragosto. (N.E.)
*** Jogo de palavras com "sedenta" (em francês, *altérée*) e "Outro" (em latim, *alteru*). O termo *alterar* (= provocar a sede) é de uso raro em português. (N.T.)

propuseram "o Espírito" ou "o Sujeito Transcendental". Um deles, especialmente obstinado, queria que concordassem com os nomes "a Coisa em Si" ou "o Em-Si". Um outro defendia o termo "o Ser", sem adjetivo. Este tinha um aspecto bem hierático. Um outro, mais ousado, propôs: "o Nada". O Nada Supremo? Admiti que não se pode esperar que esse Deus, cem vezes mais cruel que o outro, já ultrapassado, possa ter sentimentos? O que mais? Um vienense que estava de passagem achava que, doravante, devíamos nos prosternar diante de "o Inconsciente". Ele se pôs a falar vagamente também de "Ausência-do-Ser", mas aquilo foi demais, foi preciso cortá-lo. O Ser Supremo venceu, logo se fariam os preparativos para sua entronização. Os partidários da deusa Razão murmuram pouco. Amável ninharia. E por que não chamar nossa divindade de "o Pulmão", como teria dito Molière? Ora, não, o Ser, eu vos digo, será o Ser. A matéria, natureza, a república una e indivisível, a república universal futura e o conjunto dos corpos, todos devem cantar seu hino. Toda a astúcia é saber quem vai manipular os cordões do polichinelo. A Finança, claro, *come sempre*. Tal será, sob a batuta do Incorruptível, o casamento do vício e da virtude. Já um de meus filhos, apoiando-se em minha ligeira notoriedade literária, estuda a possibilidade, *quando os negócios voltarem ao ritmo normal*, de comercializar meu nome sob a forma... de uma marca de champanhe. Ele acha que a coisa combina bem com meu estilo, com seu lado crepitante, efervescente, refrescante, assim como com nosso nome, que vós, como bom latinista que sois, sabeis que significa agradável, delicioso, delicado, *sápido*. As novas gerações não temem nada: não podendo ele próprio me "encurtar", esse Édipo encantador quer fazer cair nosso brasão no domínio público. A ele, pois, amanhã ou depois, os cafés, os restaurantes, as noites e as festas. "Bebei Sade!", "Uma taça de Sade!", "À saúde do Ser Supremo!". Montreuil, com seus modos altivos, está bastante atraída pela idéia, e minha mulher também. As mulheres pensam sobretudo no dinheiro, eis uma verdade que pelo visto não morrerá tão cedo. Para quando será esse maravilhoso banquete? Será no Globe[12]? No verão? Será no Termidor?

Com exceção da execução do rei, as que tiveram mais sucesso foram a da rainha, a dos girondinos e a de Madame du Barry[13]. No caso desta, que não queria morrer,

---

12. Café literário da época, próximo ao Palais-Royal, onde se reuniam os atores depois do espetáculo. Mais tarde, tornou-se o ponto de encontro da juventude dourada e de janotas. O teatro foi uma das grandes obsessões de Sade. Ele escreve, por exemplo, em 22 de outubro de 1791, a Gaufridy: "Finalmente apareci em público, meu caro advogado. Apresentaram, no sábado passado, uma peça de minha autoria, cujo sucesso, graças às intrigas, ao tumulto, às mulheres de quem eu falava mal, foi bastante obscurecido. Ela será reapresentada no próximo sábado com alterações; rezai por mim; vamos ver. Adeus". Trata-se de *Le Comte Oxtiern ou Les Effets du libertinage*, no palco do teatro Molière, Rue Saint-Martin, na antiga Passage des Nourrices.

13. Madame du Barry voltara para Paris depois de se ter refugiado em Londres. Denunciada, foi condenada e executada. Ver: Henri-Clément Sanson, *Sept générations d'exécuteurs, 1688-1847*, Paris, 1862 e 1863, em que se encontra o diário, escrito por seu avô, Charles-Henri Sanson, durante a Revolução. Reeditado em 1988 com o título *La Révolution Française vue par son bourreau*, Éditions de

por um momento se pensou que ela ia abrandar o povo. Sanson conta que ele não reconhecia mais o pessoal de sua máquina. Ele próprio se sentiu fraquejar e prestes a chorar diante do abatimento da pobre mulher, o rosto passando sem cessar do violeta ao branco, sua passividade frouxa, caindo para a direita e para a esquerda na carroça, seus gemidos, suas súplicas. Ele aconselhou-a a rezar, mas ao que parece ela só conseguiu repetir: "Meu Deus, meu Deus!". Todo mundo repete para si as palavras que ela pronunciou quando viu a guilhotina: "Esperem um momento, senhores carrascos, esperem um pouco, eu vos suplico!". Ela se debatia, tentava morder. Foram precisos mais de três minutos para fazê-la subir. O povo se calava, e muitos fugiam. "Lá em cima", disse Sanson, "ela ainda urrava, deviam ouvir seus gritos do outro lado do rio. Seu aspecto era aterrador. Por fim, conseguiram imobilizá-la e foi feito o que era para ser feito. Depois, executaram os outros". A este estilo narrativo não falta uma certa grandeza, não é mesmo, meu caro cardeal? Estaríamos mais para Tácito do que para o fim do século XVIII. Quem sabe os homens dos séculos futuros não terão muitas vezes a impressão de ter recuado a tempos remotíssimos? Serão os sombrios gracejos do Ser Supremo. Vós constatais, em todo caso, a mecanização geral. Estamos longe daquela agitação nas

---

l'Instant, Paris. A propósito da execução da Madame du Barry, Sanson faz este comentário surpreendente: "Se todos gritassem e se debatessem como ela o fez, a guilhotina não duraria muito tempo".

janelas, como na ocasião do esquartejamento de Damiens. Penso que me contastes que Casanova, vosso alegre amigo de Veneza, havia constatado que as pessoas se bolinavam e fornicaram alegremente assistindo ao suplício. Aqui, não há nada parecido. O espetáculo, é o caso de dizer, é mortal, a ponto de se perguntar se a intenção profunda de todo esse abatedouro patriótico não seria conduzir à morte contra os prazeres de um século inteiro, aniquilando-o com uma punição na medida de suas devassidões e de seus excessos. Montreuil não duvidaria disso nem por um instante. Eu havia me esquecido de assinalar este consolo: prometem-nos a imortalidade da alma. Não me parece evidente que Madame du Barry acreditasse nisso. A imortalidade da alma! Pobre Mettrie, ele também terá trabalhado em vão, ele que pensava que a alma e o corpo tivessem sido feitos juntos e de uma só pincelada. Vós me pedistes que copiasse uma passagem do *Traité de l'âme*. Ei-la, pois, antes que esse livro seja queimado ou enterrado com outros. É no capítulo XXVII:

> *Como, dadas certas leis físicas, não era possível que o mar deixasse de ter seu fluxo e seu refluxo, da mesma forma, dada a existência de determinadas leis do movimento, estas formaram olhos que viram, ouvidos que ouviram, nervos que sentiram, uma língua ora capaz ora incapaz de falar, dependendo de sua organização; enfim, elas fabricaram as vísceras do pensamento. A natureza fez, na máquina do homem, uma outra*

> *máquina própria para reter as idéias e produzir novas, como na mulher, essa matriz, que de uma gota de sêmen faz uma criança. Tendo feito, sem ver, olhos que vêem, ela fez, sem pensar, uma máquina que pensa; quando se vê um pouco de muco produzir uma criatura viva, cheia de espírito e de beleza, capaz de elevar-se ao sublime do estilo, dos costumes, da volúpia, pode-se ficar surpreso que um pouco mais ou um pouco menos de cérebro determine a genialidade ou a imbecilidade?*

Não é interessante, meu caro amigo, assistir à reimposição do dogma absurdo da imortalidade da alma pelo aumento contínuo da mortalidade dos corpos? Não existe aí uma espécie de vingança terrível do que não existe contra o que existe? A alma imortal e ilusória alimentando-se de corpos! Que monstruosa vaidade *psíquica*! Que narcisismo ignaro, adorador do vento! O Eterno levado por cadáveres ao cesto, troncos de um lado, cabeças do outro! Sim, sim: de um lado o homem, do outro, o cidadão! E valas comuns caiadas para todos, igualdade e fraternidade do magma que não tem mais nome em nenhuma língua! Um ator me dizia numa noite dessas: "Se retomássemos amanhã o *Maomé* de Voltaire, todo mundo pensaria na situação atual. A peça seria proibida, haveríamos de passar por isso". Voltaire proibido em Paris; o triunfo de 1778 não terá durado muito neste país cheio de caprichos. Mas já vejo o que vem por aí: peças fracas impostas pela força, romances insípidos, máquinas que idiotizam, cretinice e conformismo em massa, autores castrados de nascença, promoção com pose de avestruzes. Que vergonha, que tristeza, que ódio ao pensamento, que repressão! Vós me escrevestes que em Roma fostes alvo da hostilidade e da perseguição tanto dos emigrados quanto dos revolucionários (e sobretudo de suas *esposas*, não é?). Isso não me surpreende. Eles se equivalem. O fanatismo os reúne na trindade eterna da burrice, da ignorância e do preconceito. Que diz disso o vosso Casanova? Voltastes a vê-lo? Ele não está escrevendo as suas Memórias? As vossas estão adiantadas? Escrevei, escrevei, é preciso que o testemunho da razão se faça ouvir nos séculos futuros. "Que séculos futuros? Não há mais futuro!", murmuram eles. "Nós não seremos julgados!" Sim, vós o sereis, canalhas, mesmo que devais ampliar a barbárie a tal ponto que um dia ninguém mais saiba ler nem escrever! Ainda assim restarão alguns. Eles atravessarão, unicamente pela força da música, a sombria noite da morte. "Não temos mais necessidade de música!" Oh, Itália, ouvis essa blasfêmia? A propósito: tendes notícias desse Mozart que encontramos em casa de Grimm? É verdade que ele compôs um *Don Juan*? É belo? É mais uma ópera que, agora, não despertaria aqui mais que sarcasmos. Iriam dizer que se trata de representação das infâmias e das orgias de um aristocrata degenerado. E, o que é pior, *ateu*, o único e definitivo grande crime!

Em suma, o Ser Supremo quer *selecionar seus corpos* e tomá-los, por assim dizer, pela base. É uma experiência de triagem. Talvez um dia ele chegue a inventá-los inteiramente, a produzi-los sem memória, sem passado, incultos, obedecendo imediatamente à sua voz de ferro. Quanto a mim, consigo ver meu destino com toda a clareza: depois de me terem desonrado, seqüestrado, arruinado e transformado em bufão irresponsável, tentarão me fazer passar por louco. Irei da prisão ao asilo, a menos que seja degolado antes. Evidentemente, tomei a precaução de me fingir de patriota. Haveríeis de rir se me ouvisses na *Section des piques** (que nome!), fazendo discursos tão inflamados quanto os dos outros cidadãos[14]. Renego veementemente as minhas origens, não se encontra ninguém mais republicano do que eu, carrego nas tintas, sinto que é inútil. As marcas fatais de minha classe estão inscritas em minha testa. *Toleram-me.* Até quando? Meu castelo de La Coste já foi saqueado. Aquele velho processo das putas marselhesas me segue como uma sombra e é claro que, atualmente, dão muito mais atenção a uma puta e a respeito mais do que a um ho-

---

* *Section des piques*: seção revolucionária, à qual pertenceu Robespierre. Sade foi seu secretário e depois seu presidente, em 1793, sendo ativo e conceituado neste papel. São famosos os manuscritos e discursos da ocasião. (N.E.)

14. Em 15 de novembro de 1793 (25 Brumário, ano II), o cidadão Sade, à frente de sete outros delegados (Vincent, Artaud, Becq, Sanet, Bisoir, Gérard e Guillemard) veio, com efeito, pela manhã, ler à Barra da Convenção Nacional, sua apologia da Virtude intitulada *Pétition de la Section des Piques aux répresentants du peuple français*. Em setembro, numa homenagem a Marat, ele escreve, significativamente, que Charlotte Corday é "um ser misto, a quem não se pode atribuir nenhum sexo", "uma fúria do Tártaro".

mem de qualidade. Advertiram-me também que andam fazendo sessões de "leituras nacionais" lá em minha casa. Poetas lá declamam, ao que parece, versos tão maçantes quanto incompreensíveis. Obscuros exaltados se acreditam em meu lugar. Isso faz parte do programa dos partidários de Hébert que consiste, como já vos disse, em degradar a língua, misturá-la, animalizá-la e embrutecê-la, para tornar ainda mais inevitável a tirania que se anuncia. As pessoas se falam por borborigmos, impera o discurso arrevesado. O uso incessante e democrático da palavra *foder*, por exemplo, pressagia a interdição da coisa pelo abuso da palavra. Pronunciarão sem cessar obscenidades para tornar sua realização impossível. Sabeis que tenho horror ao baixo calão. É uma doença medieval dos welches*, teria dito Voltaire, e lembro-me de sua profecia: "Há períodos em que se pode impunemente fazer as coisas mais ousadas; há outros em que a coisa mais simples e inocente se torna perigosa e criminosa". Nós chegamos a essa segunda parte do espetáculo. Legiões de pequenos comissários logo virão levantar suspeitas sobre tudo o que há de mais simples, de mais inocente. Uma nação em que as mulheres vêm tricotar tranqüilamente e falar de seus assuntos sentimentais ao pé do cadafalso, enquanto as cabeças rolam — como camponesas que continuam a lavar a roupa enquanto o porco é morto —, este país já chegou ao extremo na adoração da

---

* Welches: denominação que os antigos germânicos davam aos romanos. (N.E.)

servidão. O enfraquecimento, por toda parte e sempre, prepara o dogma; a selvageria sem emoção será o seu novo cimento. Eis o que o deísmo, mesmo irônico, do hábil filósofo de Ferney não podia prever.

Um jacobino especialmente obtuso exclamou um dia desses: "A tolerância, há casas para isso!". Tive a imprudência de responder: "É isso mesmo, cidadão, é justamente por isso que gostamos dela!". Ele me lançou um olhar maldoso: "Sois a favor do bordel filosófico?". "Por que não", respondi. "Aliás, ontem chegaram cinco robustas moças de Avignon; estão no Marais, você me acompanha?" Eu estava tentando desanuviar a atmosfera, e via que ele sentiu-se seduzido, mas recomeçou os seus sermões. Na realidade, as cinco moças eram todas horríveis e estúpidas, mas muito experientes. Que quereis, a gente é obrigado a se virar *com o que tem*.

Uma outra coisa curiosa é a voga atual dos horóscopos e das previsões. O mais ínfimo charlatão fica famoso em poucas semanas. Os Cagliostros abundam, já não se levam em conta os condes de Saint-Germain, os adivinhos de aldeia pululam. Um italiano foi preso recentemente e, com ele, uma meia dúzia de loucas místicas. Ele as usava como oráculos, obrigando-as a contar seus sonhos em público. Como se nada fosse, ele fingia entrar em comunicação, por intermédio delas, com o Ser Supremo. Este revelava às pobres moças em transe sua visão do futuro, seus desígnios, suas cóleras, seus projetos de lei. Houve muitos boatos sobre esse caso. Mas, como membros influentes do Comitê de Salvação Pública estavam envolvidos na história, o escândalo foi abafado. O italiano, como um novo Moisés no Sinai, desapareceu no momento em que ia dar a lista dos verdadeiros eleitos da divindade. Diz-se que o Incorruptível não desejava esse milagre. Um outro iluminado, homenzinho matreiro, com o rosto consumido pelo vício, declarou ser Orfeu. Em nosso panorama de cabeças à deriva, não é de surpreender. Ele vai e vem, tagarela, repete-se, enrola-se na delação, divulga-se pelas gazetas, oferece poemas a quem paga mais, escreve notas para denunciar seus colegas, trafica, pratica a agiotagem, volta a tagarelar e a repetir-se, afirma ser a reencarnação de Homero, de Virgílio, de Dante, de Petrarca, torna a recitar com uma pose imperturbável seus maldosos versos de alienado — em suma, como ele mora em Clamart, passaram a chamá-lo "o Orfeu de Clamart". Nestes tempos de perda de corpo e de imortalidade da alma, esse seu golpe de reencarnação é muito notado. Muitos se declaram reencarnados. Um foi confidente de Ísis, outro de Aton. Nenhum reencarnado, é bom que se note, viveu numa condição inferior. As mulheres, evidentemente, eram todas sacerdotisas ou prostitutas sagradas. Assim se propõe sua candidatura ao templo do Ser Supremo. Quanto ao Orfeu de Clamart, seu *amor pelos homens* não tem limites. E como ele odeia, como bom vigário saboiano, toda prosa que não se assemelhe à da *Heloísa*, devo contar, ainda neste caso, com uma denúncia comedida.

A própria filosofia, como era de esperar, tornou-se suspeita. Começa-se por declará-la supérflua, muito ligada ao Antigo Regime, luxo da nobreza, passatempo de ociosos. Tudo deve se transformar em festa, agrupamento, hino coletivo, divertimento coletivo. Cantar-se-á, desfilar-se-á, gritar-se-á. O entusiasmo é uma obrigação cotidiana. Os teatros serão fechados, já que a realidade não é mais que um teatro. Tem-se a impressão de viver por trás de uma gigantesca cortina de mentira. Os atores e atrizes demasiadamente refinados já há muito tempo foram presos ou estão em fuga. Em seu lugar, vêem-se impertigar-se alguns autômatos machos e fêmeas de efeitos tão simplistas quanto exagerados. A mais célebre, neste momento, é uma agitadora notória. Ela surge, pesada, descabelada, intensa; declama seu texto como uma frenética inspirada; crê-se, às vezes, que ela vai cair por terra e vomitar uma tina repleta de serpentes; é Górgona, é Medusa, ela sofre, ela geme, ela implora, ela triunfa. As multidões se extasiam. Ai de quem a criticar! Seria insultar a nação inteira. Uma simples objeção pareceria sacrilégio. Ela surge, é o delírio. Ela se põe a cantar "pastora, recolhe os teus carneiros brancos", o público chora. Seu repertório invariavelmente é o do bem contra o mal. Temos que compreender que também ela é visitada à noite pelo Ser Supremo. Ela exibe seus estigmas ao despertar. Seu parceiro habitual, um corso franzino e vivaz, faz parte de um clã onde se encontra, ao que parece, um militar de grande futuro. Ele declama de modo enfático. É também o autor de um romance muito ruim, publicado há dez anos, *Le Diable au salon* [O diabo no salão]. Ele tenta fazer esquecer esse escrito insípido, mediocremente licencioso, e consegue. Aí está o célebre casal. Mas para onde foram, havereis de me dizer, nossas cantoras melodiosas, nossas dançarinas aventureiras, nossas belas lúbricas, nossas delicadas depravadas? Sumiram! Evaporaram! Desapareceram! Não se vê mais nenhuma desde o assassinato de Marat, de tanto que a virtude se multiplicou depois desse *acidente de banheira*. David fez desse fato, como é seu costume, um quadro à antiga, com a clara intenção de transformá-lo em mártir da fé. Além disso, desde então, centenas de cidadãs fazem suas preces noturnas diante de um retrato de Robespierre, que tomou o lugar do crucifixo. Parece que o próprio Danton, advertido de que agora estava em perigo, respondeu: "Eles não ousariam: eu sou a Arca da Aliança". Ao que Sanson comentou secamente: "Acho que ele está enganado. Agora existe somente uma Arca da Aliança: a guilhotina". Piedosos afrescos! Preces! Arca da Aliança! Até onde vamos descer? Por quanto tempo mais haverá de durar essa *Noite de São Barlomeu jurídica*?

Certamente, meu caro cardeal, os horrores e os crimes aconteceram em todas as épocas, e bem sabeis que meus romances estão incrementados deles para que eu possa revelar, pela primeira vez na história, *sua nervura especial*. Sem mim, não tenho receio de dizer, os homens continuariam a se agitar em seu lodaçal de paixões e daí tirar prazer, sem se dar conta disso. O cálculo, a escrita numérica, está tudo lá. O Ser Supremo só intervém quando estamos cansados de contar, quando passamos à soma sem verificar a sua exatidão, belo cálculo, álgebra falsa. Eu penetrei o segredo, não espero disso nem compreensão especial, nem reconhecimento, pelo contrário. Pode acontecer de eu ser preso amanhã, que meus manuscritos sejam apreendidos e reduzidos a cinzas. Pelo menos terei salvo alguns, melhor destino não há para coisas destruídas. Diz-se atualmente que o sangue, correndo pelas tábuas sob a guilhotina, serve de alimento aos cães em plena luz do dia[15]. Ele coagula rápido demais para ser absorvido pela terra e, quando se altera, infecta o ar de toda a praça. Segundo as testemunhas, o povo dança a carmanhola em volta da árvore da liberdade e da máquina de matar, sem se preocupar nem um segundo com os cadáveres que vão sendo levados. Jamais se desdenhou tanto do viver, e a indiferença às vezes chega a tal ponto que se assiste a cenas espantosas. Por exemplo, Joseph Chopin, hussardo, vinte e três anos, continuou fumando até o alto da báscula, a cabeça e o cachimbo caíram juntos no cesto. Os prisioneiros só desejam que se acabe logo com aquilo; Sanson concorda: "Consegui me habituar ao horror que inspiramos, mas acostumar-se a levar à guilhotina pessoas prontas a dizer 'Obrigado', isso é muito mais difícil". E ainda: "Na verdade, quando vemos a todos, juízes,

---

15. *La Révolution Française vue par son bourreau, op. cit.*

jurados, acusados, temos a impressão de que estão doentes de uma doença que devia se chamar de *delírio da morte*"[16]. Tudo isso, evidentemente, é acompanhado de uma atroz vulgaridade que não é senão a marca da crueldade e do fanatismo, contudo, com alguma coisa a mais, algo nunca visto. Villate, jurado do tribunal revolucionário, estava ansioso para ir ao restaurante; a sessão de acusação se arrasta; ele se levanta e grita: "Os réus são duplamente culpados, porque é hora de meu jantar e eles conspiram contra minha barriga". Lá fora, nas ruas, não havereis de se surpreender ao saber que as mulheres em geral são as mais enfurecidas, sobretudo quando as condenadas são belas. Aí ninguém as segura mais. As megeras das calçadas jogam pedras, lama e excrementos sobre as carroças, cheias, muitas vezes, de jovens encantadoras. Elas as insultam aos berros, a ponto de os homens freqüentemente se mostrarem incomodados. A firmeza que as prisioneiras demonstram durante o trajeto não enternece de forma alguma os cidadãos; tal firmeza os irrita, como o vermelho irrita os touros. Às vezes, causa estupefação: é o caso de Montjourdain e de Courtonnet, que foram para a morte sem parar de rir e de gracejar[17]. Esse Montjourdain era comandante do batalhão de Saint-Lazare. Ele passou seus últimos momentos compondo uma canção cuja última estrofe transcrevo aqui:

---

16. *Ibid.*
17. *Ibid.*

> *Quando em meio a toda Paris,*
> *Cumprindo a ordem da pátria,*
> *Levam-me através dos risos*
> *De uma multidão aturdida,*
> *A minha morte, quem diria,*
> *De sua liberdade é garantia,*
> *E, por absurdo que pareça,*
> *É a multidão que perde a cabeça.*

Condenados como esses, que cantam à moda girondina e, cabe dizer, *a plenos pulmões*, enchem de medo o carrasco, os guardas, o próprio tribunal e os que se encontram atrás dele. Eles desorientam o povo e constituem, por sua atitude constante de escárnio, um insulto mais grave do que todos os outros ao projeto do culto. Esta atitude, porém, é verdadeiramente digna de nossas armas, de nossa língua e de nosso gosto. Nela ouço nossa música perdida, lembrai-vos daquele concerto de outrora, nas Tulherias, com aqueles dois músicos maravilhosos que tocavam, na viola, árias do senhor de Sainte-Colombe, *La Bourrasque, Le Rapporté.* Temo muito por meu editor, que é louco por esse tipo de diversão. Estou sem notícias dele, espero que ele tenha posto em segurança alguns exemplares da infame *Justine,* da qual, ninguém, evidentemente, far-me-á confessar que sou o autor[18].

---

18. Em 8 de janeiro de 1794, o impressor-editor de *Justine,* Jacques Girouard, nascido em Chartres, trinta e seis anos, foi guilhotinado em Paris, provavelmente em razão de suas opiniões monarquistas (vê-se uma flor-de-lis na vinheta que era a marca de suas publicações).

Eis portanto Paris, eis o antro dos massacres. Desde o famoso *setembro,* tudo se organizou no ritual da matança. Já não são mais os corpos que se retalham ao acaso, que se abatem a pauladas, que se furam, que se aguilhoam, mas uma procissão ininterrupta do Santíssimo Sacramento rumo ao altar da idéia-faca, o tabernáculo do cortante-nada. A exibição das cabeças ao público assemelha-se estranhamente à do ostensório. O Ser e o Nada são o eco permanente um do outro, tal é a Tábua aterradora, a Lei, a Edificação. Ora, vereis que logo a matança fundadora será esquecida, que ela transformar-se-á em depressão, melancolia, pesadelo intermitente, inibição, perturbação, mal-estar, angústia, visões, sentimento de culpa, ressentimento, perfídia. *Ela terá garantido um princípio de desolação.* Haverão de lançar mão dela, ora como bicho-papão e cacete ("mantenham-se calados!"), ora como cenoura ("adiante!"). Os cristãos degolaram-se uns aos outros durante séculos, iremos mais longe com nossa hemorragia controlada. Certos poemas, ainda mais inspirados que os do Orfeu de Clamart, darão conta desses movimentos diversos. Eles dirão, por exemplo: o fundo do Ser é fechado com uma nuvem escura. Sem dúvida! E justamente por isso! Depois da valsa dos falsos deuses ávidos de carne, teremos um deus esqueleto. Os condenados gritam: Viva o rei! Ou ainda: Viva a república! A multidão responde: Viva a nação! Por sua vez, o ruído surdo da lâmina acentua: Viva o Ser Supremo! De minha parte, não quero rei nem república; não quero nação; também não quero Ser em supremo! Não tenho a intenção de aplaudir esse carnaval! Aplaudir esse Jeová de papelão, de som ou, na verdade, de aço! Essa apologia da alma de ratos! A igualdade? Que seja. Mas eu lembrarei *a vós* do que sobre ela escreveu Voltaire em seu *Dicionário filosófico:* "Cada homem, no fundo de seu coração, tem o direito de se julgar inteiramente igual aos outros homens; isso não significa que o cozinheiro de um cardeal possa ordenar a seu patrão que lhe prepare o jantar". Não quero que se diga *viva* para: "à morte!". E tampouco *nós* para: "viva a morte!". O Orfeu de Clamart agora vai por toda parte recitando seu último poema, que começa com: "Aqueles que, piedosamente, morreram pela pátria". Mas eu também não quero mais pátria! A literatura não a tem, e nada tenho a perder senão os meus grilhões. Quanto a "piedosamente", faço-vos rir lendo vosso breviário. Do programa "a liberdade ou a morte", só nos restou a morte. Quanto à fraternidade, meu caro irmão (que Alá vos proteja!), restringimo-nos a: desconfia de teu irmão como de ti mesmo, não fale nem a ti mesmo para que teu irmão não te ouça, as paredes têm inúmeros ouvidos fraternos prontos para te enviar para uma temporada no inferno. Um certo Carrier, *muito fraterno*, organiza, ao que parece, belíssimos espetáculos no Loire: ali se fazem afogamentos de todo tipo, a que chamam de *câmara de água*. Sabei o que é "um casamento republicano?" Nele, um homem e uma mulher têm a oportunidade de se conhecer numa asfixia contínua e fria. Um outro, Jourdan, costuma gritar aos supliciados no momento supremo: "Vá dormir com a sua amante!". Reconhecei que a sensualidade acaba de fazer um enorme progresso: a excitação com a morte não se dá com a imaginação; faz-se amor, à força, diretamente com ela. O antigo Deus pedia procriação e sacrifícios. O novo decidiu a abolição do sexo e sua substituição por uma contínua *descriação*. É verdadeiramente um deus dos mortos. O antigo era semelhante, mas pelo menos fingia ser o deus dos vivos. Haveis de me dizer que isso torna as coisas mais claras. Veremos...

Mais uma palavra. Eu vos envio esta carta por um portador de confiança (vós vos espantareis quando souberdes de quem se trata). O que quer que chegue ao seu conhecimento sobre mim depois disso, podeis ter certeza de que não exprime meu verdadeiro pensamento. Tive que me mascarar bastante, nestes tempos, mas receio ter sido em vão: a caça aos suspeitos se tornou sistemática. É evidente, portanto, que não me ocupo do governo das sociedades. Deixo esse cuidado àqueles para quem a corrupção que se diz virtude tornou-se o vício mais constante, mais opressor, mais duro. A senhora de Sade me recriminava outrora, pressionada por sua mãe, o fato de me interessar demais por *essas coisas*. Eu costumava responder-lhe que a lembrança *dessas coisas,* como ela dizia e como devia dizer sua mãe, era meu único consolo na prisão e na existência, sendo a própria existência não mais que uma prisão. A *essas coisas,* meu caro cardeal, não renunciarei jamais, sob nenhum pretexto; desejo que elas venham a ser, um dia, a medida de todos os escritos. Sei que me compreendeis, que tenho vossa absolvição, que imaginais muito bem o que vou fazer daqui a pouco, depois de selar estas palavras. Se eu for preso, o que queira Deus não aconteça, peço-vos que tomeis todas as providências para salvar meus documentos. A senhora Quesnet é de confiança[19]. Meu corpo nada é, ele cairá onde o acaso quiser; aliás, minha ambição é desaparecer para sempre da memória dos homens[20]. Já é alta noite agora, meus olhos estão cansados. Ouço, sob minha janela que dá para a rua Helvétius, os cantos embriagados dos cortadores de cabeças. Eles tiveram sua ração diária,

---

19. Marie-Constance Reinelle, esposa de um certo Balthasar Quesnet, foi a companheira do marquês de 1790 até sua morte, em 1814. Em seu testamento, Sade preocupa-se em lhe testemunhar seu "extremo reconhecimento" por suas atenções e sincera amizade. "Sentimentos de que ela deu provas não apenas com delicadeza e desinteresse, mas também com a mais corajosa energia, visto que, sob o regime do Terror, ela me livrou da foice revolucionária suspensa com toda a certeza sobre minha cabeça, como todos sabem."

20. Há a mesma fórmula no testamento, onde Sade pede para ser enterrado numa mata de corte forrada com terra de Malmaison, "a primeira que se encontra à direita no bosque, quando se entra do lado do velho castelo pela grande alameda que o divide". "Uma vez coberta a sepultura, que se semeiem sobre ela glandes de carvalho, a fim [...] de que os vestígios de minha tumba desapareçam da superfície da terra, como eu me iludo que minha memória se apagará do espírito dos homens, com exceção, porém, daqueles poucos que houveram por bem me amar até o último momento e de quem levo uma mui doce lembrança ao túmulo." (Ver Gilbert Lely, *Vie du Marquis de Sade,* Paris, Cercle du Livre Précieux, 1966, e Mercure de France, 1989.)

e terão a mesma amanhã. Acaso sentis a aproximação dessa comunhão, dessa fusão, dessa integração forçada de todos os cultos? Os "direitos humanos" — decretados, como haveis de lembrar, "em presença e sob os auspícios do Ser Supremo" — serão sem dúvida uma pobre defesa diante dessa maré. De qualquer forma, tenho um certo prazer em vos lembrar o artigo 11: "A livre comunicação dos pensamentos e das opiniões é um dos direitos mais preciosos do homem; todo cidadão pode, portanto,

---

Sabe-se que, contrariando suas disposições testamentárias, o marquês teve um sepultamento religioso no cemitério da casa de Charenton. É aqui que se coloca o caso do desaparecimento de seu crânio depois de uma exumação. O médico do hospício de Charenton, Ramon, confia-o a Spurzheim, frenologista, discípulo de Gall. Este o teria perdido na América (!). Ramon escreve: "O crânio de Sade ficou nas minhas mãos durante vários dias, de modo que de pude estudá-lo do ponto de vista da frenologia, de que me ocupava muito àquela época, assim como do magnetismo. O que concluí desse exame?

"Bom desenvolvimento da abóbada do crânio (teosofia, benevolência); não há saliências exageradas nas regiões temporais (nenhuma ferocidade); não há saliências exageradas atrás ou acima dos ouvidos (ausência de combatividade, órgãos muito desenvolvidos no crânio de du Guesclin); cerebelo de dimensões modestas, não há uma distância exagerada de uma apófise mastóide à outra (ausência de excesso no amor físico).

"Em uma palavra, se nada me fizesse adivinhar no Sade passeando gravemente e, poder-se-ia mesmo dizer, patriarcalmente, o autor de *Justine* e de *Juliette,* o exame de sua cabeça me faria absolvê-lo da acusação de ter criado semelhantes obras; seu crânio era em tudo igual ao de um Pai da Igreja." (*Ibid.*)

É difícil, diante desse texto extraordinário, deixar de pensar que ele foi elaborado, numa última brincadeira vivaz, antes da morte do marquês, por este e por seu *doutor*.

falar, escrever, imprimir livremente...". Paro a citação por aqui, porque a seguir nos volta o limite da lei, o que não quero levar em consideração. "Em presença", "sob os auspícios"... Chegou-se mesmo a falar dos "olhos do legislador imortal". É de estremecer de desgosto. Guardai meus manuscritos, caro amigo, fazei-os publicar. Eles haverão de servir de consolo a alguns nos tempos que estão por vir. Falo de *alguns*, sempre os mesmos, que não se resignarão à limitação dos direitos da imaginação. Minhas noites, de pena em punho, são e continuarão a ser as melhores lembranças de minha vida; ah, como ainda voa esta pena com a qual desafio, neste preciso momento, o horizonte limitado que me sufoca! Como as letras são poderosas quando o espírito está inflamado! A chama da filosofia se acenderá sempre ante a chama do esperma, e nos templos ela não será apagada, ainda que mil seres supremos se agitem para lhe sufocar a centelha. Só acredito naquilo que leio, quero examinar cada frase. Não estimo senão os livros que querem queimar. Eles serão muito censurados, de forma mais ou menos aberta, mas sempre restarão alguns deles para reacender a fogueira que consumirá todos os deuses. Só tenho uma coisa a me recriminar: não escrever o bastante. Quereis que vos diga qual é minha única certeza? *Só o impresso é divino.* Relatos, experiências, variações, cálculos, resultados *nessas coisas*, eis o que nos é necessário, sem cessar. Isso tudo é minha Torá, meu Evangelho, meu Alcorão, minha Declaração dos Direitos Humanos; ou mais exatamente, e mais modestamente, se preferis, meu sextante, minha

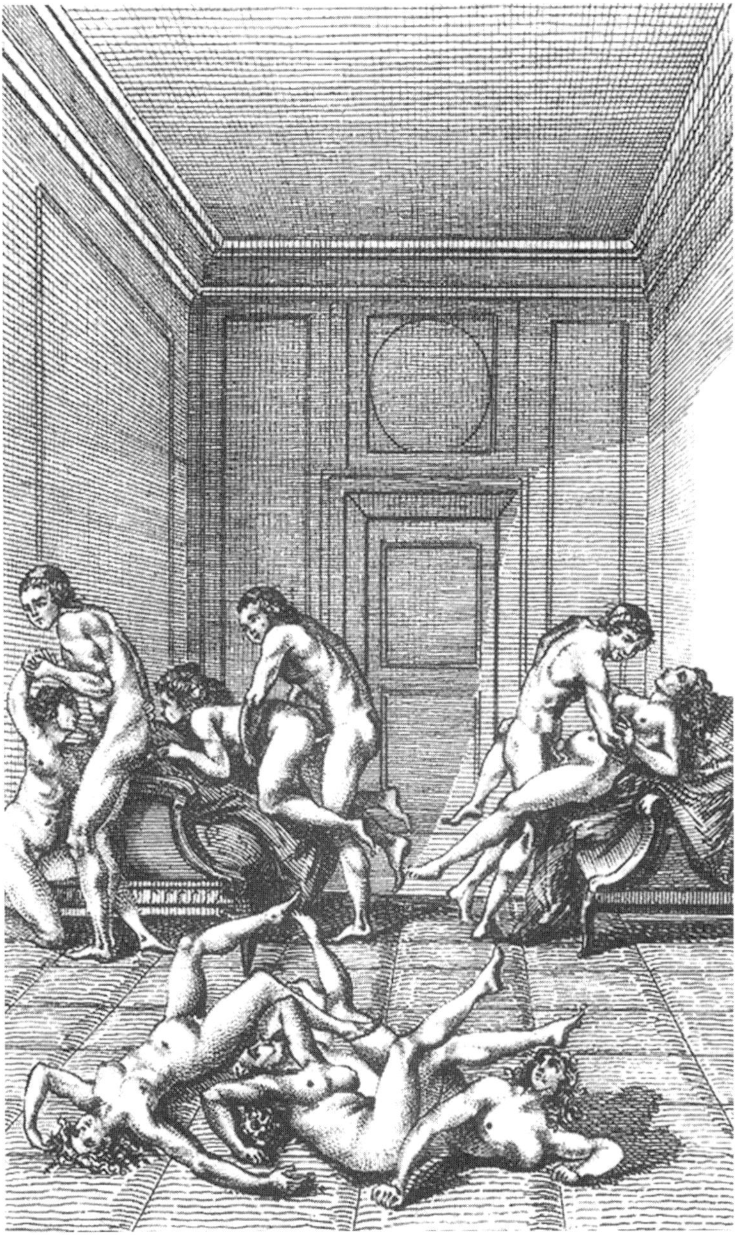

bússola. Aprendi a escutar cada um e cada uma com base nesse parâmetro. Eles são obrigados a mostrá-lo, independentemente de sua vontade, *o que é compreensível*, pois suas menores mentiras disso se imantam indefinidamente e a verdade aí respira, transpira e conspira. Vosso glorioso predecessor, o cardeal de Retz, costumava dizer: "Há temas sobre os quais as pessoas constantemente querem ser enganadas". *Essas coisas* são este tema. Ele é infinito, como será infinita a prova que se lhe pode aduzir. É por acaso que o francês é a língua em que se desenvolve esta demonstração fabulosa? É por acaso que é o francês a quem se quer e se quererá silenciar com mordaças, quanto a esse ponto fundamental? Se os próprios franceses decidiram esquecer-se e odiar-se bastante para preceder outros povos nessa negação criminosa? Pobres franceses! Aniquilai-vos, pois. Mais um pequeno esforço! Abraçai as teorias de Moisés, de Calvino, de Lutero, de Maomé; começai a fazer como o hebreu, o suíço, o alemão, o árabe! Precipitai-vos nos gorgolejos de Hébert! Eu disse que não tinha pátria, mas, enfim, *quod scripsi, scripsi*. Escrevendo estas linhas, penso na senhora La Fayette, mais um romance que se opõe à *Heloísa*, portanto, ao gosto do novo Cila[21]; portanto, do Ser Supremo; portanto, em censurar os dias que estamos vivendo: "A magnificência e a galanteria nunca se mostraram na França com tanto brilho como nos últimos anos do reino de Henrique II... Como ele tinha êxito em todos os

---

21. Robespierre.

exercícios do corpo, fazia disso uma de suas ocupações mais constantes. Todos os dias havia caçadas e jogo da péla, balés, corridas de anel ou divertimentos semelhantes; as cores e os números da senhora de Valentinois apareciam por toda parte, e ela própria aparecia com todos aqueles requintes no vestir que seriam apropriados à senhorita de Marck, sua neta..."[22].

"A grandeza, a magnificência, os prazeres"... Subitamente, estas palavras me parecem terem vindo de outro planeta, de Marte, de Júpiter, de Vênus. Vós sempre me perguntastes se eu me parecia com minha avó Laure de Nove, cantada por Petrarca. Sonhei com ela na Bastilha. "Por que gemeis aí na terra?", perguntou-me. "Vinde juntar-vos a mim." Ela me estendeu uma mão, que cobri com minhas lágrimas; ela também chorava. Esse sonho sempre volta, é muito fácil explicar por quê. Uma semelhança? Julgai pelo medalhão que mando com esta carta. Mando também um outro. Tivestes a bondade de pedir meu retrato: aí está[23]. Agora é preciso acabar, meu caro cardeal, meu mensageiro bate à porta com os toques combinados; não me esqueçais em vos-

---

22. Início de *La princesse de Clèves*.
23. O marquês, portanto, foi detido na manhã seguinte, em 8 de dezembro de 1793, às dez horas. Eis um excerto do registro de prisão da casa de detenção de Madelonettes, rue des Fontaines, Paris:
"François Desade, cinqüenta e três anos de idade, natural de Paris, homem de letras... Altura de cinco pés e duas polegadas, olhos azul-claro, nariz de tamanho médio, boca pequena, queixo arredondado, rosto oval e cheio."

sas preces, e sobretudo ao lembrar daquelas *coisas*. Passeai, lede, escrevei, vivei como o sutil Aretino queria que se vivesse nesse mundo tão baixo, que nada tem de supremo. E acreditai-me sempre vosso não humilde e não obediente não-servo, isto é, vosso amigo.

Este livro foi composto em AGaramond
corpo 13 por 16 e impresso em papel off-set
90 g/m² nas oficinas da Bartira Gráfica em
setembro de 2001